光文社文庫

長編時代小説

# 祇園会（ぎおんえ）

吉原裏同心(35)
決定版

佐伯泰英

光 文 社

目次

# 新吉原廓内図

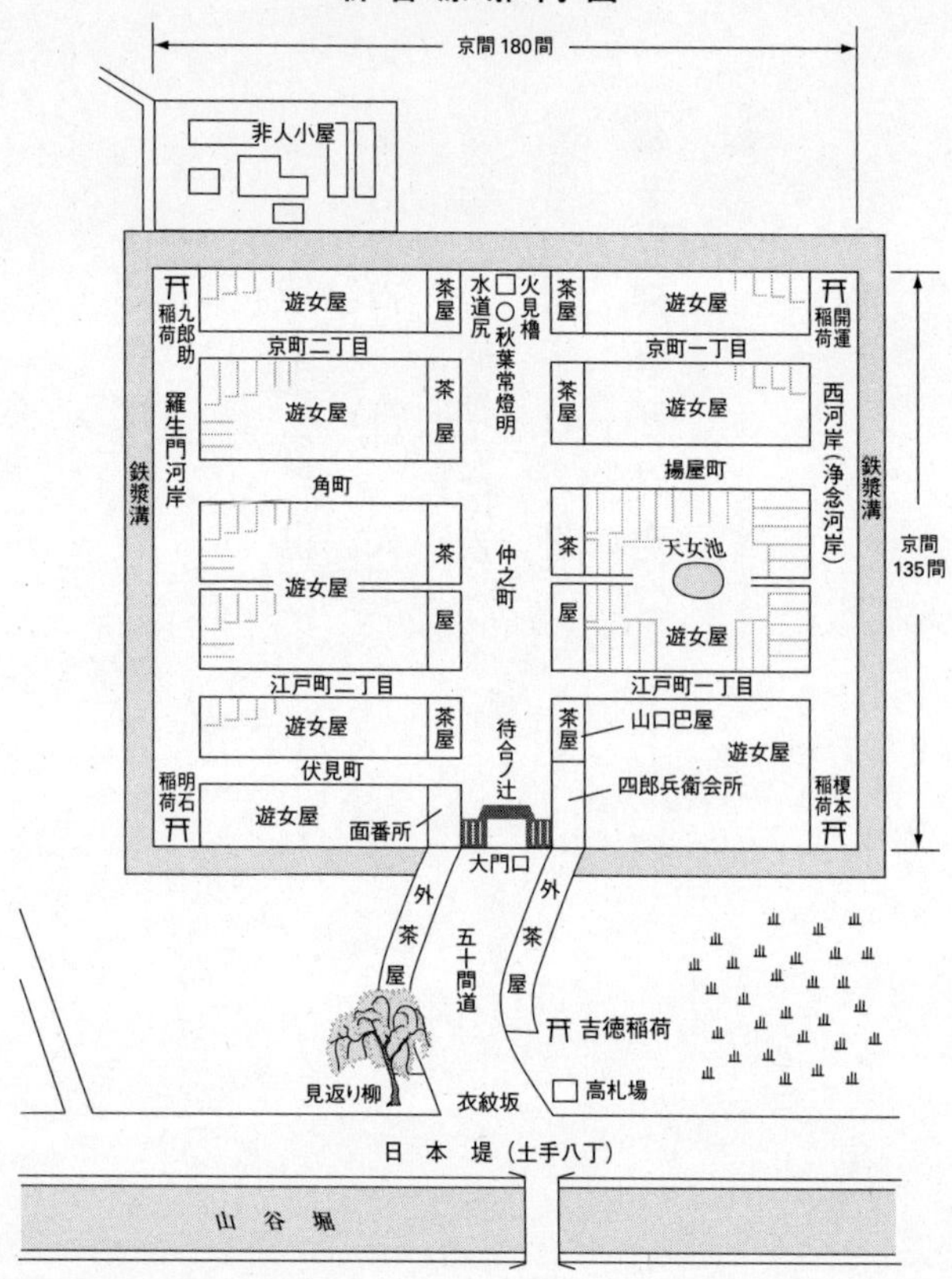

京間180間
非人小屋
九郎助稲荷
遊女屋
茶屋
火見櫓
水道尻
秋葉常燈明
開運稲荷
京町二丁目
京町一丁目
羅生門河岸
西河岸（浄念河岸）
鉄漿溝
揚屋町
角町
天女池
仲之町
京間135間
江戸町二丁目
江戸町一丁目
山口巴屋
待合ノ辻
伏見町
明石稲荷
四郎兵衛会所
榎本稲荷
面番所
大門口
外茶屋
五十間道
吉徳稲荷
見返り柳
衣紋坂
高札場
日本堤（土手八丁）
山谷堀

北
東
南
西
鐘ヶ淵
千住大橋
荒川
隅田村
千住道
小塚原
三河島
田端
日暮里
駒込
谷中
日本堤
隅田川
寺島村
金杉上町
新吉原
千駄木
白山
今戸町
鷲神社
山谷堀
今戸橋
下谷
浅草寺
東叡山寛永寺
小梅村
根津権現
東本願寺
浅草花川戸町
御薬園
小石川
本郷
中堂
幡随院
広徳寺
阿部川町
吾妻橋
伝通院
不忍池
新堀川
田原町
竹町ノ渡し
三間町
菊坂町
池之端仲町
下谷広小路
御徒町
並木町
駒形堂
蔵前
水戸徳川家
春日町
湯島天神
北割下水
牛込
森田町
御米蔵
石原町
神田明神
外神田
神田川
向柳原
神楽坂
牛込御門
小石川御門
水道橋
天王町
浅草橋
柳橋
御竹蔵
南割下水
昌平橋
筋違御門
和泉橋
柳原土手
番町
両国広小路
本所
内神田
回向院
市谷
田安御門
俎板橋
雉子橋御門
一ツ橋御門
神田橋御門
馬喰町
両国橋
竪川
市谷御門
清水御門
小伝馬町
今川橋
日本橋
常盤橋御門
新大橋
北町奉行所
小名木川
麹町
室町
江戸橋
江戸城
半蔵御門
呉服橋御門
仙台堀
深川
南町奉行所
日本橋
南茅場町
西之御丸
材木町
永代橋
鍛冶橋御門
京橋
八丁堀
組屋敷
富岡八幡宮
桜田御門
霊岸島
永田町
赤坂御門
石川島
数寄屋橋御門
越中島
山王日枝神社
西本願寺
新橋
築地
佃島
溜池
幸橋御門
汐留橋

貴船神社
鞍馬寺
延暦寺
比叡山
上賀茂神社
深泥池
妙円寺
新宮神社
修学院離宮
賀茂川
半木神社
高野川
曼殊院
詩仙堂
下鴨神社
天寧寺
上御霊神社
烏丸通
相国寺
銀閣寺（慈照寺）
鴨川
内裏（御所）
堀川通
如意ヶ岳
永観堂（禅林寺）
一之船入
南禅寺
三条大橋
錦市場
知恩院
粟田口
祇園
祇園社
河原町通
高台寺
烏丸通
建仁寺
八坂の塔
六波羅蜜寺
清水寺
東海道
方広寺
東本願寺
妙法院
智積院
三十三間堂
奈良街道
万寿寺
東福寺
伏見稲荷

京 概略図
神護寺
常照寺
大徳寺
金閣寺（鹿苑寺）
龍安寺
等持院
大報恩寺
仁和寺
北野天満宮
大覚寺
千本通
妙心寺
所司代屋敷
広隆寺
二条城
天龍寺
嵐山
松尾大社
島原
西大路通
桂川
西芳寺（苔寺）
西本願寺
丹波口
天神川
桂の渡し
東寺
桂川
北
東
南
西

## 『祇園会』主な登場人物

**神守幹次郎**……豊後岡藩の馬廻り役だったが、幼馴染で納戸頭の妻になった汀女とともに逐電の後、江戸へ。吉原会所の七代目頭取・四郎兵衛と出会い、剣の腕と人柄を見込まれ、「吉原裏同心」となる。薩摩示現流と眼志流居合の遣い手。

**汀女**……幹次郎の妻女。豊後岡藩の納戸頭との理不尽な婚姻に苦しんでいたが、幹次郎と逐電、長い流浪の末、吉原へ流れ着く。遊女たちの手習いの師匠を務め、また浅草の料理茶屋「山口巴屋」の商いを任されている。

**加門　麻**……元は薄墨太夫として吉原で人気絶頂の花魁だった。吉原炎上の際に幹次郎に助け出され、その後、幹次郎のことを思い続けている。幹次郎の妻・汀女とは姉妹のように親しく、先代伊勢亀半右衛門の遺言で落籍された後、幹次郎と汀女の「柘榴の家」に身を寄せる。

**四郎兵衛**……吉原会所七代目頭取。吉原の奉行ともいうべき存在で、江戸幕府の許しを得た「御免色里」を司っている。幹次郎の剣の腕と人柄を見込んで「吉原裏同心」に抜擢した。

**仙右衛門**……吉原会所の番方。四郎兵衛の右腕であり、幹次郎の信頼する友でもある。

**玉藻**……仲之町の引手茶屋「山口巴屋」の女将。四郎兵衛の娘。料理人正三郎と夫婦になった。

**村崎季光**……南町奉行所隠密廻り同心。吉原にある面番所に詰めている。

桑平市松……南町奉行所定町廻り同心。幹次郎とともに数々の事件を解決してきた。

嶋村澄乃……亡き父と四郎兵衛との縁を頼り、吉原にやってきた。若き女裏同心。

羽毛田亮禅……清水寺の老師。寺領で襲撃を受けた幹次郎と麻に知り合う。二人が京を訪れた事情を理解し、修業の支援をする。

彦田行良……祇園感神院執行（禰宜総統）。修業中の幹次郎を院内の神輿蔵に住まわせる。亮禅老師とは旧知の間柄。

次郎右衛門……京を代表する花街・祇園にある一力茶屋の主。祇園感心院の祭礼である祇園祭を支える旦那衆の一人。

水木……一力茶屋の女将。一力茶屋に麻を受け入れ、その修業を見守る。

河端屋芳兵衛……祇園で置屋を営む。旦那衆の一人。

一松楼数治……祇園で揚屋を営む。旦那衆の一人。

中兎瑛太郎……祇園で料理茶屋と仕出し屋を営む。旦那衆の一人。

三井与左衛門……京・三井越後屋の大番頭。旦那衆の一人。

入江忠助……京都町奉行所の目付同心。

観音寺継麿……禁裏門外一刀流の道場主。幹次郎に稽古を許す。

楽翁……江戸・三井越後屋の隠居。旅籠たかせがわに逗留中、幹次郎と知り合う。

おちか……産寧坂の茶店のお婆。元髪結で祇園の裏表をよく知る。

猩左衛門……旅籠たかせがわの主。四郎兵衛の仲介で、京に到着した幹次郎と麻を滞在させた。

# 祇園会（ぎおんえ）——吉原裏同心（35）

# 第一章　遣手紗世

## 一

江戸の御免色里吉原は一段と厳しい暑さに見舞われていた。

吉原会所の番方仙右衛門は、浴衣の腰に煙草入れを差して昼見世が始まるのを大門の内側でなにげなく待っていた。

吉原を襲う荒海屋金左衛門の一統はこのところ動きを止めていた。それは永久にではないこと、なにか次なる工作を企てていることを推量させた。次なる仕掛けのとき、吉原が大きく揺らぐことが考えられ、四郎兵衛も仙右衛門も不安を抱えていた。

五十間道を歩いてくる客は菅笠をかぶり、懐に余裕のある遊客は駕籠を大門前に乗りつけていた。

腰高障子が開け放たれた面番所から、南町奉行所隠密廻り同心村崎季光が浅草寺の絵が描かれた団扇をぱたぱたと音をさせながら姿を見せ、

「おい、仙右衛門、吉原会所は風が通るか。この暑さ、どうにかならぬか。今年の夏は雨も降らずただくそ暑いだけではないか」

と声をかけてきた。無精髭が生えた顔には汗が浮かんでいた。

「武家方の村崎様でも我慢ができぬほど暑うございますか」

仙右衛門は、町奉行所同心にわざわざ武家方と敬称をつけて呼び、訊いた。

「わしは人一倍暑がりでのう。この暑さには耐えられん。どうだ、面番所と四郎兵衛会所を取り換えぬか」

「ほう、面番所と会所の取り換えっこですかえ。するってえと、わっしが刀と十手を差した隠密廻り同心ということになりますかな」

「ば、馬鹿を申せ。だれが身分を取り換えると申した。会所のほうが広いしな、女っ気もある。わしが会所に移って、番方が面番所に籠るだけの話だ」

「元吉原から浅草に引き移ってきて百年以上もの歳月が過ぎましたぜ。面番所の隠密廻り同心が会所に詰めるとなると、まず南町奉行はもちろんのこと、うちの

七代目四郎兵衛様の許しが要りますな」

「さような面倒なことができるものか。そっと、それとなくわしがそちらに居場所を変えようという話だ」

と村崎が本気とも冗談ともつかぬ顔で会所を見て、不意に思いついたように間を置いた。

「おい、会所の神守幹次郎が謹慎を食らって五月にならぬか。あやつ、どうしておる」

「どうしておると申されても謹慎の身、柘榴の家に蟄居なされておりましょう」

「蟄居な」

と村崎同心が無精髭の生えた顎を撫でた。

「なんぞ訝しゅうございますか」

「蟄居じゃ謹慎じゃと言うて、あやつがあの小粋な家に大人しくいると思うてか」

「と、申されますと」

「それがしは町奉行所隠密廻りとして吉原会所を差配しておる身である」

「そんなこと言われなくとも廓内生まれのわっしだ、重々承知でさあ。村崎様よ、なにが言いたいんですね」

「多忙の身とはいえ、謹慎の者がふらふら出歩いたりしてはなるまい。小者に命じて、あの家に神守幹次郎がおらんのではないかと、何日も調べさせた」

「なんてこった。神守様は吉原会所の奉公人ですぜ。直接南町奉行所と関わりがないや、その神守様が在宅かどうか調べたですって」

「おお、小者によると、あの家に近づくと犬がわんわん吠えやがるんだそうだ」

「そりゃ、怪しげな野郎が柘榴の家を覗こうとしたら、番犬の地蔵は当然吠えますな」

仔犬の地蔵はこのところ体つきが成犬と同じくらい大きくなっていた。

「そこでわしが出向いてみた」

「地蔵に吠えられましたか」

「おお、盛大に吠えおったわ。だがな、あの家には神守幹次郎はおらぬということが判明した」

と言い切った。

「なんぞ証しでもありましたかえ」

「わしは代々の南町奉行所の同心ぞ。敷地に入らずともあやつがいるかいないかくらい、勘でな、判断がつくわ」

仙右衛門が、

（さあて、どうしたものか）

と思案したとき、昼見世の見廻りに出るためか、老犬の遠助といっしょに会所から女裏同心の嶋村澄乃が出てきた。

「番方、お忘れですか」

とふたりの問答を聞いていたのか、澄乃が質した。

「なにを忘れたというのかな」

「三月も前でしたか、謹慎中の神守様から七代目に嘆願書が届けられ、臨済宗京都妙心寺の末寺某寺にて修行をしたいゆえ入門することを許してくだされとの願いがございました」

「おお、うっかり失念しておった。江戸の禅宗の寺でも、ひと際修行が厳しいという寺だったな」

「はい、そう伺いました」

問答するふたりを村崎同心が顎を撫でながら疑いの目で見ていたが、

「澄乃、とってつけたような。虚言ではあるまいな」

「嘘と申されますか。面番所きっての鋭敏明晰な同心は村崎季光様だと廓の内外で評判のお方を、新参者の女奉公人が騙すことなどできましょうか」

澄乃の言葉に村崎同心の表情が一変した。

「なに、わしの評判はそれほどよいか」

「むろんのことです」

「その話、今宵の夜見世の折りに外茶屋の座敷辺りでとっくりと酒を呑みながら聞かせてくれぬか」

と村崎同心が澄乃の言葉に絡んできた。

「村崎の旦那、神守様の臨済宗の禅寺入門は謹慎のため。このこと、とくと得心したんでしょうな」

仙右衛門がふたりの問答に割り込んだ。

「おお、その臨済宗の寺はどこにある」

「そのことを承知なのは七代目だけでしてな。汀女先生もご存じないそうですぜ。禅寺に行かれますかえ。吉原の面番所勤番と異なり、厳しゅうございますぜ」

「仙右衛門、だれが禅寺に入門すると言うた。神守幹次郎の逗留先が知りたいだけじゃ」

と村崎同心が応じていると澄乃が、

「番方、昼見世の見廻りに行ってきます」

と遠助を連れてさっさと仲之町の奥へと向かっていった。

「澄乃、最前の話はどうなるな」

後ろも向かずに澄乃が片手を上げて振った。村崎同心が団扇で顔をあおぎながら澄乃を追いかけようとした。そこへ仙右衛門が、

「村崎の旦那、わっしからも訊きたいことがあるんだ。官許の吉原が潰れかねない大事なことだぜ。この廓が潰れてみな、村崎の旦那方も甘い汁は吸えないぜ」

「なんのことだ」

「ここんところ、しばしば妙なことが廓内に起こっておると思いませんかえ」

「うーむ、なんの話だ」

「老舗の大籬（大見世）が夜逃げのようにして廓内から消えた」

仙右衛門は曖昧に言ったが、

「あの一件か、夜逃げした老舗の俵屋一家は、首を括って死んだ、と数寄屋橋の同輩に聞かされたぞ」

「わっしが聞いたのは自裁じゃございません、だれぞに首を括らされて殺されたらしい」

「ふーん、博奕かなにかで大負けしたかね。おお、そうだ、最近では角町の町名主池田屋哲太郎も行方知れずになったままだな」

と村崎同心が直ぐに反応した。

池田屋の主の死は表向きには隠され、ひそかに埋葬されていた。

「それです。この官許の吉原をそっくり買い取ろうという御仁がいるんだよ。そいつの手に最初に引っかかったのが俵屋だ」

「番方、呆けてないか。大楼一軒遊女ごと買い取るとなれば、何千両もの大金がかかろうではないか。吉原そっくりとなると、何十万両って金子が要るぞ。ありえないな」

村崎同心があっさりと言い放った。

「買い手は佐渡島の鶴子銀山の山師でしてな、ただ今は船問屋となって八代目だかの荒海屋金左衛門という御仁だ」

「なに、名まで分かっておるのか」

仙右衛門が頷いた。

「七代目は当然承知じゃな、番方のそのほうが知っているくらいだからな。三浦屋の旦那など、町名主はどうだ」

「村崎様よ、この話は未だ廓じゅうに広まっている話じゃねえ。だが、町名主がたは」

「承知だな」

と村崎同心が決めつけ、しばらく黙り込んだ。この話が己にとって、「損か得か」を考えている顔をしていた。

「町奉行はどうだ」

「村崎様よ、吉原は官許の遊里ですぜ。当然話は承知していなさる、七代目が相談されたからな。だが、奉行所内には広がってねえ。町奉行も不確かな話に容易く乗るお方ではねえですからな」

「番方、なぜ、わしに話した」

「お偉いさん方がいくら承知でも、話の舞台はこの吉原だぜ」

仙右衛門が草履の足裏で地面を蹴った。

「村崎様のような現場の同心に手助けしてもらわねえと抗えねえ。そこで北町でもなく南町のご同輩でもなくおまえ様に話したんだ。この辺りの綾は分かってくれるよな」

村崎同心が険しい顔でなにかを考えていたが、

「何十万両の取り引き話か、一枚嚙めば百両や二百両はわしの懐に入るな」

と思わず漏らした。

「村崎様よ、おれが直に相談しようとしているこの話はな、おまえ様の懐に百両ぽっちの小銭が入るちんころ話じゃねえよ。いいか、この吉原が消えてなくなるかどうかの話だ、江戸の、世間が大きく変わる話ですぜ」

「わ、分かっているぞ」

と慌てて村崎同心が返答を変えた。

「いいかえ、なんぞお互い聞き込んだら知らせ合い、買い取り話を阻止しようと言っているんですよ。それが隠密廻り同心のおまえ様の務めじゃねえかえ」

「相分かった」

と村崎同心が少しばかり真面目な顔で応じた。

「旦那、少しは涼しくなったか。最前から団扇が動いてないぜ」

「なに、そのほう、わしの暑さを忘れさせようと作り話をしてみせたか」

「違う」

仙右衛門がきっぱりと言った。

「真（まこと）の話なのだな、わしを見込んでの相談じゃな」

「当然ですよ。だが、この話、極秘（ごくひ）のことですぜ、だれにでも喋（しゃべ）くると村崎季光の旦那の命がなくなるぜ。すでに何人もの命がなくなっているんだ。相手は残酷（ざんこく）非道（ひどう）なんてもんじゃない、悪党でも最悪の輩（やから）だ。だから会所でも限られた者しか知らされていねえ」

がくがくと頷いた村崎同心が面番所に戻りかけ、

「おい、かようなときこそ、あやつの手を借りようではないか。閉門（へいもん）謹慎だの蟄居だのと、今どき武士の間にも通用しない習（なら）わしなど、遊里の吉原が真似（まね）をすることはあるまい。直ぐに禅寺から呼び戻せ」

「それができればな。神守幹次郎様の再起（さいき）話は七代目や三浦屋の旦那の間で幾（いく）たびも口に上（のぼ）った。だがよ、神守様の謹慎を止めて吉原に呼び戻すことに賛成の町名主ばかりではないんだ」

「そうか、あいつはわしと違い、人望（じんぼう）がないからな」

村崎同心が真面目な顔で言った。

「だから、こうして村崎の旦那に話を聞いてもらったんだよ」

苦笑いを堪（こら）えた仙右衛門は繰り返した。

「とはいえ、わし独りでは心もとない。禅寺を教えよと四郎兵衛に伝えろ、さすればわしが神守を連れ戻し、吉原の町名主どもを説得してみせる」

「それができればとっくにやっていますぜ」

仙右衛門の言葉を熟慮していた村崎同心が、致し方ないかという顔で面番所に戻っていった。

相手方が沈黙を守り、廓内で行動を起こしていないかぎり、吉原会所も打つ手がない。そこで四郎兵衛と仙右衛門が相談して、面番所を操ってみようかという話になった。むろん村崎同心がこの一件に的確な探索をするなどと会所は考えていない。静かな池に手を突っ込んで泡を立てようと考えたのだ。村崎同心は仙右衛門が、

「だれにも安直に話すな」

と言った以上、必ず喋るとみた。

そうなったとき、廓内に動きが出てこないか、そんなことを考えての仕掛けだった。大した仕掛けではないことを四郎兵衛も仙右衛門も承知していた。だが、他に有効な手立てを思いつかなかった。

「面番所の同心の中でもいちばん愚かな村崎季光の言動にすがるとは、吉原会所

も落ち目になったものだぜ」

と仙右衛門が独り言を呟いた。


仙右衛門の自嘲の呟きが聞こえたかのように、澄乃は火の番小屋の新之助と水道尻の火の見櫓の陰でこの一件について話していた。

傍らには遠助が少しでも涼しい地べたにと体をへばりつかせて寝ていた。

「なに、村崎同心を焚きつけたってか。あいつならば、明日とは言わず今日じゅうにあちらこちらで喋くりまわるな」

「それが七代目と番方の狙いとみたけど」

「佐渡の山師め、ここんとこ、とんと姿を見せないや。どんな相手でも姿を見せないかぎり対応のしようがないよな。最も案じられるのは、勾引されたふたりの子が未だどこにいるか分からないことだよな」

新之助の問いに澄乃が首を縦に振った。

角町の町名主池田屋哲太郎が浅草奥山の見世物小屋で刺殺されたのを最後に、相手方の動きはぴたりと止まっているかにみえた。

「こんなときよ、神守様が」

と言いかけた新之助が、

「おっと、神守幹次郎様の名は近ごろ禁句だったな」

「ただ今吉原にのしかかっている一件は、私たちだけでなんとか目途をつけないといけないのよ」

「そうだった。だが、ついな、あのお方ならどんな動きをするかと思ってしまうんだ。情けないぜ」

「それはだれでも一緒よ」

昼見世が始まり、仲之町に客の姿が増えた。

勤番侍と思しき武士がふたり、三人と連れ立って、妓楼の張見世を覗き込み始めた。

陰で「野暮天」と呼ばれる勤番者は袴をはいているのですぐ分かる。吉原に黒羽織に袴姿の友連れは素見だ。

同じ勤番者でも遊び慣れた武士は着流しに夏羽織を粋に着こなしていた。それに馴染の遊女を持つ瓢客はさっさと楼に上がった。

「なんとも野暮天ばかりだな。おれが吉原に関わって日が浅いがよ、こんなにも景気が悪い吉原はないぜ」

「廓生まれの番方だってこれほど悪い吉原を見たことがないといつもぼやいているもの。でも、こんなときだからこそ、吉原をなんとか守り抜かなきゃ。花魁を筆頭に一万数千人もの方々が働いている場所ですものね」

「ああ、そういうことだ」

「吉原が賑わいを取り戻すことがなにより江戸の景気を取り戻すことになるのよね。会所に勤めるようになって知ったわ」

と澄乃が言い、

「遠助、見廻りに行くわよ」

声をかけると、老犬はのろのろと立ち上がった。

「澄乃さん、遠助もよ、日差しを避けるんだぜ。今時分がいちばん暑いからよ」

「そうしたいけど、それじゃ見廻りにならないわ」

新之助にそう言い残した澄乃は、一瞬迷った末に京町二丁目の木戸を潜った。

張見世の格子の向こうにも夏の光が差し込んでいた。

京町二丁目の中ほどに半籬（中見世）の芳野楼があった。格子窓には「野暮天」侍が集っていた。

そのひとりが老犬を連れた澄乃をしげしげと見た。

「お侍さん、あちらは吉原会所の女裏同心さんでありんす」

と澄乃に関心を持った侍を女郎のひとりが煙管の先で呼び戻した。

澄乃は入り口の暖簾越しにお針と呼ばれる裁縫女のぬいの姿を認めた。いつもなら遣手の紗世が客待ちをしたり張見世の遊女たちを見張っていたりする場所だ。

「あら、お紗世さんの代役ですか、おぬいさん」

「お針がいきなり遣手の真似はできませんよ」

ぬいが憮然とした口調で言い放った。

「お紗世さん、夏風邪にかかったの」

ぬいが無言で、おいでおいでをした。

「遠助はここで待ってて」

と入り口前で待つように命じると、大人しく遠助が日陰に座った。

「お紗世さんたら、二日前に旦那の早右衛門さんと大喧嘩して辞めちゃったのさ」

とぬいが小声で憮然とした口調のまま言った。紗世は、

「芳野楼は、遣手の紗世でもつ」

と言われるくらい客の応対が上手で、紗世目当てに登楼する馴染客がいた。

「だって困るでしょう、楼も」

「私だっていきなりお針と遣手をいっしょにやれなんて女将さんに言われても、どうしていいか分からないよ」

とぬいは疲れ切った顔で澄乃を見た。まだなにか言いかけたぬいが、

「いらっしゃい」

と馴染客らしい旦那を迎えた。

「おや、お紗世はいないのか」

「ええ、まあ、さあ、どうぞ」

と張見世から姿を見せた遊女に馴染客を託した。

話は途中だったが、澄乃は、

「またね、おぬいさん」

と挨拶して表に出た。

二

澄乃は九郎助稲荷にお参りし、水道尻を通って、吉原の南西にある開運稲荷に

も遠助を座らせて拝礼した。

西河岸（浄念河岸）の局見世（切見世）にも夏の日差しが照りつけ、饐えた臭いが一段と激しかった。

「客かと思ったら会所の女裏同心さんかえ、おまえさんも遠助もこの暑いのにご苦労だね」

と女郎の声だけが開け放たれた狭い局見世の奥からした。

「仕事でございます、勝女姐さん」

と応じた。西河岸を北へ向かおうとしたが、考えを変えて京町一丁目に入り、蜘蛛道のひとつに分け入った。

暮らしのにおいがこちらも漂っていたが、局見世ほどではなかった。なにより狭い蜘蛛道のせいで日陰の分、澄乃も遠助も楽だった。そして、その蜘蛛道には、澄乃が好きな酒饅頭が名物の甘味屋みやこがあった。間口一間（約一・八メートル）ほどの店の奥で老婆のかまが独りで人気の酒饅頭をつくっていた。売れ切り次第に店仕舞いをする。

昼前には五丁町の遊女衆や女衆、蜘蛛道の住人の客で売り切れになった。ところがこの日はまだ八つほど残っていた。ひとつ四文の酒饅頭が、この刻限まで売れ残るなんて珍しい。

「この暑さだよ、売れ残っちゃったよ」

と嘆くかまに、

「おかまさん、私がもらうわ、残りの八つ」

「おや、珍しいこともあるね、会所はおまえさんの他は男衆ばかりだろうに」

と言いながら竹皮に八つの酒饅頭を包んだ。

澄乃が巾着から三十二文きっちりと数えて出そうとすると、

「三十文でいいよ、二文はおまけだよ」

と言った。

「有難う」

と包みを受け取ったのを見て遠助が尻尾を振った。

そんな澄乃と遠助が向かったのは大籬三浦屋の裏口だ。そろそろ昼見世が終わる刻限だ。三浦屋の抱えの桜季や涼夏の顔を見ていこうと考えたのだ。

蜘蛛道に開け放たれた裏戸から入ると、おいつが煙管で刻みを吸っていた。

「おや、この暑いのに見廻りかね」

「暑いのはだれもいっしょですよ、おいつさん。いえ、遊女衆は重ね衣装で私どころではありますまい」

「ああ、この時節の局見世の暑さは息苦しいなんてもんじゃないよ」

「ただ今遠助と通ってきました」

「なんか異変があったかえ」

と問うたおいつが、

「異変があればのんびりとした顔で遠助とうちを訪ねてくるはずもないね」

と自分の問いに答えて苦笑いして、煙管の灰を煙草盆に落とした。

おいつのしわがれ声は長年の煙草吸いのせいだ。その声を聞いたか、そろそろ昼見世が終わるせいか、二階座敷から遣手のおかねが姿を見せて、澄乃が提げた酒饅頭の包みを見た。

「おかねさん、昼見世はどんな具合ですか」

「女裏同心に心配されるようじゃ三浦屋も終わりかね、見世を畳むしかないか」

と冗談とも真面目ともつかぬ表情で言い放った。

「新参者の奉公人が三浦屋さんの商いを案じたわけではございません。なんとなく訊いただけです」

「そんなことは分かっているよ。おまえさんが遠助といっしょに京町二丁目の木戸を潜るところを見たからさ、どこの楼も客足がよくないのは私らより承知だろ」

と三浦屋の老練な遣手のおかねがおいつの傍らに座りながら言った。するとおいつが煙管を置き、茶を淹れ始めて澄乃に尋ねた。

「酒饅頭は桜季と涼夏にかね」

「八つ買いました。よかったらここで食べませんか。ふたりには四つも残せばいいでしょう」

と言いながら澄乃が竹皮包みを開いた。

「ああ、そうだ、おかねさんは京二の芳野楼の遣手お紗世さんが辞めたのをご存じですか」

「なんですって、芳野楼のお紗世さんが辞めたって。そりゃ、ないよ、聞き違いじゃないかね」

とおかねは言い切り、

「なにしろ芳野楼は遣手のお紗世さんが女郎と客の間を取り持っているから、盛業なんだよ。早右衛門さんも女将さんも、お紗世さんを辞めさせるわけがないよ」

「お針のおぬいさんが慣れない遣手を命じられたって、ぼやいておいででしたよ」

「えっ、その話、ほんとうなのかえ。お紗世さん、なんぞあったかね」

「おぬいさんの話では、旦那と大喧嘩して辞めたそうです、二日前のことだそうです」

おかねが黙って思案した。

おいつがおかねと澄乃に茶を供してくれ、澄乃が竹皮包みを三人の前に広げた。

「遠助も食べるわね」

と饅頭を取り、ふたつに割ってひとつを差し出すと、遠助がぱくりと食べた。

「年寄り犬にしては食い気があるね」

と言いながらおいつが酒饅頭を摑み、

「酒饅頭なんて久しぶりだよ、いただくよ」

と笑った。

「こちらこそお茶を馳走になります」

「おまえさんは侍の娘と聞いたが、金で買われてきた女郎とはやっぱり出来が違うよ」

「おいつさん、侍とは申せ、父は貧乏の極みの浪人でした。以前に幾たびもお話ししましたよね」

「それでも水呑み百姓の娘とは育ちが違うよ」

と言ったのはおかねで、

「私もひとつご馳走になるよ」

と饅頭を手にした。

澄乃が残り半分の酒饅頭を遠助に食べさせてから、自分のためにひとつ取り食そうとすると、遠助が欲しそうな顔をして澄乃にすり寄った。

「これは私の分です」

と口にすると、未だ酒饅頭を手にしたまま、

「なにかが違うよ」

とおかねが呟いた。

「えっ、酒饅頭の大きさとか、風味が違いますか」

「うむ」

と言いながらおかねがひと口食し、

「おかまばあさんの酒饅頭は同じ味だよ。私が違うと言ったのは芳野楼のお紗世さんのことだよ。なんで、あの旦那と喧嘩したか。妓楼の主にしては珍しく早右衛門さんは物分かりのいい御仁だよ」

「そこまではおぬいさんから聞いていません。気になりますか」

「お紗世さんはね、女郎じゃ売れっ子じゃなかったがね、遣手になって朋輩たちを巧みに操って楼に儲けさせた。私と一緒でさ、遣手になってかれこれ十四、五年の仕事人だよ。芳野楼にとってもえらい損な話と思うがね」

「おかねさん、給金を上げろとかなんとか言って、旦那が許さなかったんで辞めたんじゃないか。どっちにとっても得な話じゃないね」

とおいつが言った。

「おいつさんはお紗世さんのことを知らないだろう」

「こちらに移って挨拶したときくらいかね、対面したのは。私が局見世の女郎と承知していただろうに、遣手にして笑みを絶やさずさ、如才ない女衆に見えたがね」

「あの笑みがお紗世さんの得意技なんだよ。給金のことではもめないね。ふたりは知るまいが、お紗世さんはさ、花川戸に長屋を持っていてね、長屋ったって九尺二間の棟割長屋じゃないよ。内厠のなかなかの長屋と聞いたよ。差配はね、室町の小間物屋そのぎの染次郎の旦那に落籍された遊女だった女が、長屋に住みながらしていると聞いたけどね」

「へえ、この吉原でさ、遣手をやっていりゃ、そんな身分になれるのかね」

と局見世から三浦屋の女衆に転じたおいつが感心した。

「遣手ったってピンキリさね」

「おかねさんはピンかねキリかね」

とおいつがおかねに訊いた。

「そんな金儲けの知恵があればさ、おまえさん方ふたりと酒饅頭ほおばりながら無駄話はしていないよ」

とおかねが真顔で言った。

「おかねさん、お紗世さんの金儲けの知恵ってなんですか」

「それが分かればね。最初はさ、仲間内とか遊女に金を貸して利息を得ているかと、私は思ったよ。だけどそんなことを芳野楼の旦那も女将も許すわけがない」

「でしょうね」

と澄乃が言ったとき、

「あっ、遠助だ」

と若い声がして、のんびりした昼見世を終えた桜季が、土間に下りて遠助を抱いた。

桜季は足抜しようとして幹次郎に見つかり、三浦屋の抱えから局見世の初音のところに引き移された。三浦屋のような大籬から局見世に落とされるなどありえない。それを三浦屋四郎左衛門に願って、神守幹次郎が吉原の地獄の暮らしを体験させたのだ。

そんな折り、桜季の生きていく縁は、蜘蛛道の豆腐屋の手伝いと、そこにしばしば姿を見せる老犬遠助の温もりだった。

月日が経ち、狭い局見世で初音といっしょに暮らした桜季を三浦屋に戻したのも神守幹次郎だ。そして、局見世の女郎として桜季を受け入れてくれた初音を本名のおいつに戻し、三浦屋の女衆のひとりに鞍替えさせたのも幹次郎だった。

桜季にとって遠助の温もりは、今も吉原で生き抜く力になっていた。

桜季が遠助を抱き寄せている間、澄乃は四つ残った酒饅頭を竹皮に包み直した。

「桜季さん、残り物だけど酒饅頭よ、涼夏さんと食してね」

「有難う」

と桜季が名残惜しそうに遠助の体を離して包みを受け取った。

「桜季さん、残り物なんかじゃないよ。女裏同心さんはね、あんたたちのために買ってきたんだよ」

とおいつが桜季に言った。

「澄乃さん、有難う」

泣きそうになった顔に必死で笑みを浮かべて頭を下げ、

「遠助、またね」

と台所から消えた。

「あの娘を救ったのは、澄乃さん、そなたのお師匠さんだね」

とおかねが言った。

「はい」

「今は神守幹次郎様の不在を澄乃さんが補って、桜季や涼夏を助けている」

「おかねさん、神守幹次郎様の代わりなんて務められません。なにか廓内で起こったとき、神守様ならば、どう事に対処するのだろうかと考えます。ですが、万分の一のこともできません」

「いや、澄乃さんはよくやっているよ。桜季と涼夏のふたりがいい新造になろうとしているのは、澄乃さんの心遣いがあってのことだよ」

「おかねさん、おいつさん、私があのふたりの若い新造の勤めを邪魔していると思ったら、どうか厳しく注文をつけてくださいまし」

澄乃の言葉にしばしおかねは沈黙していたが、

「いや、そんなことがあればこの遣手のおかねがすでに小言を言っていますよ。澄乃さんは神守幹次郎様不在の吉原会所をよう手伝っているし、こうして三浦屋の新造にまで気を配っている。おまえさんはね、神守幹次郎様にはなれません。嶋村澄乃としてできることをしなされ、それで十分です」

「はい」

と返事をした澄乃が見廻りに戻ろうと立ち上がると、

「神守幹次郎様は吉原に戻ってくるよね」

とおいつが澄乃に質した。

吉原で幾百回、幾千回と繰り返し訊かれる問いだった。

「おいつさん、必ず戻ってこられます。それが私の師匠の神守幹次郎様です」

こちらも同じ返答をするしかなかった。

「そうだよ、汀女先生も柘榴の家を守って吉原の手伝いをしているんだよ。戻ってこなくちゃおかしいよ」

とおかねが言った。


澄乃と遠助が京町一丁目に出ると夏の日が西に傾いて照りつけ、五丁町は昼見世と夜見世の間のわずかな刻限、気怠さが漂っていた。張見世に遊女の姿もなく、仲之町には吉原が初めてと思える素見の勤番侍が徒然とぶらついていた。犬を連れた澄乃に目を留めて、

「何者かのう」

「若い娘じゃが女郎ではなかろう」

などと言い合っていた。

吉原会所に戻った澄乃はまず遠助に水を飲ませた。

「長い見廻りであったが、格別に異変があったわけじゃなさそうだな」

と小頭の長吉が澄乃に訊いた。

「三浦屋の台所でおかねさんやおいつさんとお喋りをしていまして、つい時が経つのを忘れていました」

「おいつさんも、すっかり局見世の女郎から三浦屋の女衆になって、遣手のおか

ねさんとも馬が合ってさ、いい間柄のようだな」

「はい、そう思います」

と言った澄乃が、

「番方はどちらに」

「七代目の座敷にいるぜ。格別な話があるわけではなさそうな、なんぞ伝えることがあれば、奥に行きねえな」

と長吉が言った。

「こちらもなにか報告するようなこともありませんが、挨拶をして参ります」

と澄乃が奥へ通った。

座敷では四郎兵衛と仙右衛門が向き合っていたが、小頭の言ったように深刻な話があるようには思えなかった。だが、ふたりの胸の中には吉原を見舞う騒ぎのことが常にあるのを澄乃は承知していた。

「なにかあったかえ」

仙右衛門が澄乃に問うた。

「京一(きょういち)と京二の楼で女衆とお喋りをしてきただけです」

と前置きし、

「京二の芳野楼の遣手のお紗世さんが辞めたことを番方はご存じですか」

と澄乃が質した。

「なに、芳野楼のお紗世が辞めたって、いつのことだ」

「つい先日、二日前のことのようです。会所に挨拶はございませんよね」

「急な話だな、なんぞ身内にあったかねえ。芳野楼にとって痛手だろうに」

「それが、芳野楼の旦那と大喧嘩して辞めたとか」

「ほう、お紗世が芳野楼の早右衛門さんと喧嘩して吉原から去ったと言いなさるか、会所に挨拶もなしだ。澄乃、七代目に細かく話してみねえな」

と仙右衛門が促した。

はい、と返事をした澄乃が、黙ってふたりの話を聞いていた四郎兵衛に、芳野楼のお針ぬいと三浦屋の遣手おかねから聞き込んだ話を詳しく繰り返した。

四郎兵衛は澄乃の話を黙って聞いたが、己の考えを述べようとはしなかった。

「遣手が花川戸に自分の長屋を構えているね。お紗世め、吉原を出てその花川戸の長屋に引っ越したかね。遣手として稼いだ金で廓の外に長屋を持つなんて、廓の女衆には考えられないな。よほど芳野楼で稼ぎを貯め込んでいたか」

と仙右衛門が羨ましそうな顔をした。

「客と遊女衆の座持ちが上手だったそうですね」

「ああ、女郎としてはダメだったが、遣手ではなかなかの腕前だったそうだ。若い娘の澄乃に言うのもなんだが、お紗世は『床』を女郎に教え込む名人だったのさ」

吉原の売れっ子遊女になるには、
一に「顔」、つまり美形ということだ。

二に「床」、客を喜ばせる性技だ。

三に「手」と称して、文を出すなど手練手管を駆使して客をつなぎ留めることや、馴染にする気遣い。その三つがなくてはならないとされていた。

「お紗世は若い遊女に『床』を教え込むことに長けていたそうでね。遣手部屋には常に若い女郎がいて、『床』や『手』を教えてもらっていたそうだぜ」

と仙右衛門が言った。

「おぬいさんもさすがに私にはさようなことは言いませんでした」

「だろうな。しかしよく早右衛門さんが手放したな。どこか別の楼の遣手に誘われてさ、ほとぼりを冷ましているところかね」

と澄乃の言葉に番方が応じた。

「三浦屋のおかねさんも番方と同じように不思議がっていましたよ」

「澄乃、花川戸のお紗世が持っているという長屋を調べてみないか。私にはお紗世が花川戸にいるとも思えないがね」

と四郎兵衛が口を挟んだ。

「七代目、なにか気にかかりますか」

「いや、そういうわけじゃないが、遣手ひと筋で長屋を持つのはなかなかのものと思っただけですよ。まあ、吉原に戻る心算がないとなると、他人様の懐具合まで調べることもないがね」

と言った四郎兵衛が、

「番方、おまえさんは三浦屋のおかねさんと芳野楼の早右衛門さんに会ってみなされ」

と命じた。へえ、と応じた仙右衛門が、

「早右衛門さんが奉公人に厳しい楼主とは聞いておりません。夜見世が始まって落ち着いた刻限、芳野楼を訪ねてみます」

と返事をした。

三人の間には常に心にわだかまる一件があった。

吉原の老舗の大籬俵屋が佐渡の山師荒海屋金左衛門に乗っ取られ、勾引されたふたりの孫の行方が未だ分かっていないことだ。だが、相手がこのところ新たな企てなどの動きをぴたりと止めている様子に、吉原会所も手の打ちようがないことに内心苛立っていた。

「ともかく細かい出来事でも気にかかることは丹念に調べようではないか」

との四郎兵衛の言葉にふたりは頷いた。

三

浅草花川戸町は隅田川（大川）の流れを横目に浅草広小路を越えて北へと続く日光道中沿いの両側町だ。おかねの話から花川戸町を訪ねれば、容易く分かると思ったが、花川戸町と花川戸町浅草寺領とに分かれており、それなりに広い町内だった。日光道中沿いの商家を尋ねて歩いたが、

「長屋の差配はだれですね」

「さてそれは」

「分からないというのか、姉さん。それじゃ見つけるのは無理だな」

というような問答をあちらこちらで繰り返した末にこの界隈では大川橋とも呼ばれる吾妻橋近く、日光道中の西側に入った一角に長屋をようやく探り当てた。

長屋は澄乃がおかねから聞いていた通り、棟割の裏長屋ではなかった。小粋な造りの二階屋六軒で差配も住人も妾が多いというので、この界隈では、

「妾長屋」

と呼ばれていた。

木戸口の左右には小ぶりな柊が植えられ、それなりの庭に、手入れされた庭木が茂っていた。

木戸を入ると、庭木に水やりでもしていた風の年増とばったり会った。美形の女は素人ではない、と澄乃は直ぐに察した。

「おまえさんはだれだい」

「こちらにお紗世さんが住んでおられるそうな」

女の顔に警戒が走り、

「何者だね」

と繰り返し尋ねた。

澄乃は、吉原と関わりのあった女と考え、

「私、吉原会所の奉公人澄乃と申します」

女はしばらく無言で澄乃を眺めていたが、

「吉原会所に女裏同心が勤めていると聞いたが、おまえさんかえ」

はい、と頷いた澄乃に、

「この長屋の話、だれに聞いたえ」

と女が質した。

澄乃は正直に話したほうがよいと判断し、

「京一のおかねさんから聞きました」

「遣手のおかねさんからね。で、おまえさん、お紗世さんとは知り合いかえ」

相手は京一としか澄乃が言わなかったにも拘わらず京町一丁目と分かり、おかねが遣手と承知していた。ということは吉原の女郎をしていたが、運よく客に恵まれて落籍された女だろう、と澄乃は思った。

「むろん仕事柄顔見知りです。本日、芳野楼のお針のおぬいさんからお紗世さんが妓楼を辞めたと聞かされてびっくりしましてね、前々からお尋ねしたいことがありましたので、かように伺いました」

「お紗世さんが芳野楼を辞めたって。そりゃまた、いつのことだね」

「つい二日前だそうです」

「もう五丁町にはいないんだね」

相手の再度の問いに澄乃は頷いた。

「そんなこと聞いてないよ」

と独白した女がなにごとか思案する表情を見せた。

「あなた様の名はなんと申されますか」

「廓にいたときは紅花、本名は花さ」

澄乃は花の出は川向こうの深川辺りかと思った。

「お花さんはこの長屋の差配をなさっていると聞きましたが」

「差配は名目さ、店賃をうちで受け取り、一括してお紗世さんに渡す。雑用は通いの下男がすべてなす。差配の名目料ってことで、うちの店賃が半額になるんですよ。うちの旦那にはそんなこと言ってないからさ、店賃の半分が私の懐に入るのさ」

と正直に告げた花が、

「うちに入るかえ。旦那は十日ごとにしか来ないからね」

と気さくに木戸脇の長屋の格子戸を開いた。

「ここでどうだえ。風が通るから涼しいのさ」

と言いながら土間の傍らにある三畳ほどの控えの間に澄乃を通した。控えの間の外にも格子が嵌り、風が吹き抜けるだけでなく木戸を出入りする人物が見えた。

「澄乃さんといったかえ、おまえさん、この長屋が界隈でなんと呼ばれているか承知なんだろ」

「は、はい」

くすくすと笑った花は、

「なんと『妾長屋』、廓に居るときも大門の外の暮らしも変わりはないやね」

「お花さんは芳野楼に勤めておいででしたか」

「いや、違うね。別の楼でね、そこそこの売れっ子だったよ」

と他人事のように言った。

「馴染の旦那から落籍されるお方は人柄にも恵まれ、幸運なお方です」

「おまえさんの同輩の神守幹次郎様が薄墨太夫を落籍したほどの話じゃないよ。なにしろこちらは半籬、小間物屋そのぎの旦那は何年も前におかみさんが亡くなってね、後添いになれと口説かれたんだけど、わたしゃ、独り暮らしが楽だもの。小間物屋でさ、奉公人の顔色を見ながら後添いだなんて嫌だよ」

花は話しながら茶の仕度をした。

「落籍するって旦那が言ったときさ、最初に相談したのが芳野楼のお紗世さんだったんだよ。二年も前のことかね。後添いについても、おまえさんがその気にならないなら、妾になる約定をしてさ、まず大門の外に出してもらいなと忠言されてね。その折り、この長屋も紹介されたのさ」

「この長屋の持ち主はお紗世さんと聞きましたが、真のことでございましょうか」

「さあてね、私はその辺のことはなんも知らないんだよ。でもさ、うちの店賃を半額にするなんて、持ち主じゃなきゃあ決められないことじゃないかね」

「ですよね。となるとお紗世さんはそれなりの分限者ですね」

「吉原の遣手の給金はさほど高くはないよ。この妾長屋を買うとなると、いくらすると思うね」

とお茶を澄乃に供しながら花が反問した。

「お花さん、私、貧乏浪人の娘です。月々の店賃に苦労した覚えはあっても、裏長屋がいくらするかなんて、ましてこのように小粋な長屋風の貸家がいくらかなんて想像もできません。お紗世さんはいつからこのお長屋の持ち主なんでしょう」

「ここの住人でいちばん古手がお美代さんだけど、五年前に越してきたとき、お紗世さんが応対したと言っていたよ」

「ちなみにこちらのお店賃はおいくらでしょう」

「旦那が払う店賃は月々一両二分さ。最前話したように私がお紗世さんに払うのは半額の三分、だからさ、私の懐に、一年に九両が入ってくる計算だね」

と花は自分の店賃を正直に語ってくれた。

他の五軒と合わせれば、年間百両近い金子が集金した花から紗世に渡っていることになる。なんともすごい身入りだ。紗世は花の真っ正直な気性に目をつけて差配に雇ったのだろう。

「お紗世さんはすでに芳野楼を出ています。私はおかねさんに聞いた話から、花川戸を一刻(二時間)以上も捜し回ってようやくこちらに辿りつきました」

「相手がおかねさんだからといって、あのお紗世さんがよくもこの妾長屋のことを話したものだね。酒かね」

「お紗世さんは酒好きですか」

「芳野楼の遣手のときはね、楼では一切酒を口にしなかったそうだよ。こちらに移って店賃を集めに来た折り、一度だけかなり酒に酔っていてね、その日はひと晩休みをもらったというから、大金を持って吉原に戻るのは危ないからって、うちに泊めたことがあった。あの夜、旦那の酒を供したら、酔っていたにも拘わらずぐいぐい呑んで寝てしまったことがあったね。ありゃ、一升口(いっしょうぐち)だね」

「おかねさんと廓の外で酒を呑んだことがあったのでしょうか。その折りについ漏らしたのかな」

「それは知らないけど、うちに泊まった翌朝、吉原に戻ると言って六つ半(午前七時)過ぎに出る前に、泊まり賃だと一分を置いて、酒に酔ってあれこれと楼のことなど喋ったことがあったら、すべて忘れてくれと幾たびも繰り返して帰っていったね」

「その折り、お紗世さんは自分のことを話しましたか」

「だから言ったろ。すべて忘れると約束したんだからね、話せないよ」

と花が言い切った。

澄乃はそんな気性の花を紗世は信頼したのだと思い、それ以上質すことなく茶の礼を述べて吉原に戻った。

澄乃が吉原会所に戻ったとき、夜見世が始まってかなり経っていた。小頭の長吉が、

「奥で七代目と番方が話してなさる」

と奥座敷に行くように言った。

遠助が、若い衆に夜食のエサはもらったようで、冷たい土間の隅っこに寝転んで澄乃の声に尻尾をわずかに振ってみせた。

「あとで夜廻りに連れていくわ」

と遠助に言い残して、四郎兵衛の御用部屋の奥座敷に通った。

「お紗世に関わりがある長屋を見つけたか」

と番方がまず質した。

「はい、花川戸付近で『妾長屋』と呼ばれていて、小粋な二階建ての一軒家が六軒並んでいる貸家が、遣手だったお紗世さんの持ち物でした」

と前置きした澄乃は花から聞いた話をふたりに告げた。

「ほう、紅花と知られた遊女な、たしかに半籬と言いたいが小見世（総半籬）に近い香月楼の女郎だったな。ちゃきちゃきの深川っ子が差配をしている長屋の持ち主がお紗世かえ」

「お花さんは長屋についてさほどのことは知らされておりません。『妾長屋』の持ち主はお紗世さんと承知でしたが、土地は聖天町の浅草寺御用達の米問屋野本興右衛門からの借地でした。お花さんに会ったあと、念のために野本の番頭さんと会って話を聞いてきました。お紗世さんが『妾長屋』の持ち主になったのはおよそ八年前だそうです。番頭さんはお紗世さんの背後にだれかいるような感じだけど、建物の沽券に記された名はお紗世さん本人だと断言しました」

四郎兵衛も仙右衛門も澄乃の話を吟味するように沈黙していたが、

「魂消たな、半籬芳野楼の遣手を十四、五年勤めたからといって、そんな小粋な貸家の持ち主になれるものか」

と番方が訝しげな顔をした。そんな仙右衛門に澄乃が訊いた。

「番方は芳野楼の主早右衛門様と会えましたか」

「それがな、今日は馴染客の通夜とかで当人に会えなかったんだ。その代わりおめえさんの聞いたことの念押しだが、三浦屋のおかねさんに改めて話を聞いた。こちらも夜見世の始まる前のことだ。三浦屋の台所での立ち話よ」

「おかねさんはお紗世さんの吉原の外での顔を詳しく承知しておられましたか」

「おかねさんはおめえさんに、お紗世が花川戸町にある長屋の持ち主だと言ったそうだが、どこか信じ切れない思いがあったそうだ。お紗世が芳野楼を辞めたと聞いておめえさんに告げてはみたものの、本心では精々九尺二間の棟割のひと部屋くらいの持ち主かと思っていたそうだ。なにしろ話を聞いたのが何年も前、大門の外でふたりして酒を呑む機会があったとき、べろべろに酔ったお紗世が漏らした話を、話半分に聞いたのを思い出して、おめえさんに伝えたというのだ」

「お花さんも、お紗世さんが長屋の持ち主だとおかねさんに話したとしたら、酒に酔ってのことだろうと推量していました」

澄乃が言い、

「通夜では致し方ない、芳野楼の早右衛門さんには、明日の昼前しか会えまい。その折りは澄乃、おまえもいっしょしてくれないか。それでようございますね」

と番方が言い、四郎兵衛に許しを乞うた。四郎兵衛がしばし考え、

「こいつはね、私が直に芳野楼の早右衛門さんに会ってみましょう。なんともお紗世の行動が気にかかりますでな」

と言った。

いつもより遅い刻限だが澄乃は遠助を伴い、夜廻りに出た。水道尻の火の番

小屋から、
シュッ
と息を吐く音がした。音が一段と尖って鋭かった。

新之助が短矢を吹き飛ばす稽古をしているのだ。

澄乃は腰高障子をこつこつと叩いた。

「入りねえ、澄乃さんよ」

と応じる声に引き戸を開いた。すると、不じゆうな足を杖で支えて壁の的に正対した新之助が吹き矢の筒を手にして澄乃を見た。

的を見ると中心の一寸（約三センチ）丸の付近に短矢が集中して突き立っていた。澄乃は遠助といっしょに番小屋に入った。

「また腕を上げたようね」

「暇潰しさ」

と応じた新之助だが顔は真剣だった。

「昼見世のあとから廓にいなかったようだな」

「花川戸町の長屋を捜していたの」

「花川戸に知り合いが住んでいるのか」

「京二の半籬、香月楼にいた紅花さんって女郎さんなの。私は初めて会う人よ、今はお花さんって本名に戻っているわ。何年か前、贔屓の客に落籍されたのね。だから裏長屋なんかじゃなくて小粋な二階建てなの」

「ひょっとしたら『妾長屋』か」

「あら、承知なの」

「いや、だれからか話に聞いたことがあるんだ」

「その長屋の持ち主がだれか承知」

「持ち主だって、まさかお花さんじゃないよな」

「お花さんは差配、持ち主は芳野楼の遣手だったお紗世さんよ」

新之助は直ぐにはどんな話か理解できないようで黙り込んだ。

「最初から話すわ」

と前置きした澄乃が経緯を告げると、

「なんてこった、なにが吉原に起こっているんだ」

と嘆息した。

「分からないわ。でも訝しくない」

「妙だな。遣手の給金がどれほどか、新入りのおれには分からない。だがよ、いくら腕のいい遣手だからといって、『妾長屋』を買い取るほどの大金を貯め込むなんて荒業ができるもんか。いや、待てよ、澄乃さんの話だと八年以上前に何百両もの金子をお紗世さんは前の持ち主に払ったはずだよな、そして、遣手の勤めを辞めることなく、だれにも知られず『妾長屋』の上がりを懐に入れてきた。澄乃さんよ、そんな話は世間に滅多に転がっているもんじゃないぜ」

「だから、おかしいと言っているじゃない」

「芳野楼の主はなにも知らないのか」

「まだ早右衛門様に話は聞いてないの。今宵、馴染客の通夜があるとかで出かけているのよ。明朝四郎兵衛様が直に聞くそうよ」

「七代目直々にか」

と言った新之助が足に絡めた杖を使い、板の間の框に腰を下ろした。

「杖でも歩けるの」

「松葉杖が楽だけどな、杖でも歩ける訓練をしておこうと思ってな。むろん足は元には戻りはしないさ」

と言った新之助が、

「この話、俵屋に始まった騒ぎと関わりがあるんじゃないかと会所は考えているのか」

話を戻した。

「それは未だ分からない。お紗世さんが大金を所持していた曰くは、他の筋かもしれないもの」

「だよな。おりゃ、荒海屋金左衛門の線ならばさ、気分が悪いぜ。あいつに、吉原で最初に話しかけられたのがおれだもんな」

「新之助さんが悪いわけじゃないのよ」

「そりゃそうだけど、なんだか気分が悪いのさ」

と言った。

「澄乃さんよ、おれになにかやることがあるか」

「まず明日の七代目と芳野楼の主との話し合いによるわね。私たちがどう動けばいいか、分かるのはそのあと。そう思わない」

澄乃の言葉に新之助が頷き、

「俵屋の一件だって、終わっちゃいないもんな」

と俵屋の孫ふたりが未だ勾引されていることに触れた。

「遠助、見廻りよ」

と澄乃は土間にくつろぐ老犬を立たせて番小屋を出た。

その瞬間、澄乃はどこからともなく見張られているような気がした。

水道尻から大門を眺めると、遊女から贈られた、暑中見舞いの団扇を手にした馴染客や素見の客でそれなりに賑わっていた。六月は紋日のない月だ、だから遊女たちもあの手この手で馴染を妓楼に呼ぼうとした。団扇もそのひとつだ。

澄乃は京町一丁目の木戸を潜った。

大籬の三浦屋の格子には大勢の客が群がっていた。そんな男たちの背を見て、蜘蛛道に入り込み、暗がりに遠助と潜んだ。

見張っている者がいるとしたら、澄乃と遠助を尾行してくると思った。吉原会所に飼われて澄乃より年季の入った老犬は、澄乃の動きに合わせる術を承知していた。

時が経った。

だが、見張っていたと思える者が尾行してくる様子はなかった。

「考え過ぎたかしら」

と遠助に話しかけ、蜘蛛道の奥へと歩き出した。

四半刻（三十分）ほど蜘蛛道をあちらこちらと歩き回った。

刻限が刻限だ。蜘蛛道の住人たちは、狭い間口の家々の建具を開けっぱなしにして路地を抜ける生ぬるい風で涼んでいた。ために蚊やりの煙がもうもうと漂っていた。

「おお、会所の女裏同心さんか、ご苦労だね。麦茶でも飲んでいかないかい」

とか、

「それとも一杯やるかえ」

と誘ってくれた。

「お言葉だけ頂戴します、有難う」

と礼を述べた澄乃は、仲之町に戻ってきた。するとどこからともなく殺気を伴った監視の眼をふたたび感じた。

## 四

翌朝、吉原会所七代目の四郎兵衛は、京町二丁目の半籬芳野楼を訪ねて、主の早右衛門と会った。

「七代目がうちにお出でとは珍しゅうございますね」

早右衛門が不安げな顔で問うた。

「いえね、早右衛門さんに相談があってのことでございましてな、私は楼のことに会所が口を挟むのはできるだけ遠慮すべきと思うております。ですが、早右衛門さんのご返答次第ではそうせざるを得ない。その事情は前もって説明させてもらいます」

「なんぞうちの者がやらかしましたかな」

と早右衛門が案じ顔で言った。

「芳野楼では長年勤めた遣手のお紗世さんを辞めさせたという話を聞きましてな、その曰くをお聞かせ願えないものかと思いましてな」

紗世の名を聞いた早右衛門が明らかに不愉快(ふゆかい)な顔をした。

「うちが辞めさせたというのは本意ではございません。紗世がこちらの都合も考慮せず勝手に辞めたようなものです。迷惑をこうむっているのはうちです。紗世が吉原会所に訴えましたか」

「いえ、さようなことはございません。こうしてわれらが面談していることをお紗世さんは知りますまい」

「ほう、となるとたしかにうちの、芳野楼の内々の話に会所が勝手に関心を持たれたことになる」

「はい」

「七代目、その日くから先に聞かせてもらえませぬか」

しばし沈思した四郎兵衛が頷き、

「早右衛門さんは、こちらの遣手だった紗世が花川戸町に長屋、いや貸家を持っていたことを承知ですかな」

四郎兵衛が敬称を抜いて質すと、

「はあ」

と早右衛門はなにを言っているのか分からないという顔をした。

「あの界隈では『妾長屋』と呼ばれる小粋な貸家だそうです」

「四郎兵衛さん、それは別人と間違っておられる。紗世はたしかに二十年以上うちに奉公していましたし、腕のいい遣手でしたよ。だから馴染客は盆暮れになにがしか小遣いを与えていたのを承知です。とはいえ、三浦屋さんの花魁高尾とは違います。妓楼の遣手を何十年務めても小粋な『妾長屋』の持ち主どころか、住人にもなれますまい」

と早右衛門が四郎兵衛の問いを即座に否定した。予測された返答で、虚言を弄しているとも思えなかった。

四郎兵衛はしばし間を置いて、

「早右衛門さん、それがね、八年も前から紗世は閑静な『妾長屋』の持ち主だそうです。その貸家の住人で香月楼の抱え、源氏名紅花だったお花さんが贔屓客に落籍されて、貸家の差配を務めておりますとさ」

「香月楼の遊女だった紅花がその貸家の差配ですと」

意外な話を聞かされた顔で質した。

「紅花が落籍された一件は評判になりましたからな、承知です。ひょっとしたら、紅花を落籍した旦那が紅花に買い与えたということはございませんか」

早右衛門が言い、

「小間物屋そのぎの後添いに望まれたと聞きましたが、紅花は独り者が気楽だ、と独り住まいを選んだとだれぞから聞きました。そんな紅花にあの旦那が小粋な長屋を買い与えますかな」

と首を捻りながら言い添えた。

「早右衛門さん、お花さんは『妾長屋』の住人のひとりで差配とは名ばかり、紗世に代わって店賃を徴収すれば自分の店賃は半額になる、旦那には内緒で店賃の半額が懐に入るという、その程度の差配で、実の持ち主は遣手の紗世です」

四郎兵衛の説明にぽかんとした表情の早右衛門は黙り込んだ。そして、
ふうっ
と息を吐いた。

「というわけでございましてな、紗世が辞めた曰くを聞かせてもらえませんか、早右衛門さん」

四郎兵衛が改めて願った。その問いに紗世との問答を早右衛門は思い出したか、

「どうやら紗世の生き方には、私の知らぬウラが隠されているようですね」

と前置きし、

「七代目、数日前のことです。突然、紗世がうちを、この芳野楼を買い取りたいと言い出したのです。『旦那、この楼を売りませんか。それなりの高値で買いますよ』といきなり切り出しましてね。最初は馴染客の冗談を真に受けて主の私に伝えているのかと思いましたよ。たしかにご時世は厳しゅうございます。ですが、うちの楼には馴染客があって、他人に売るなんて夢にも考えたことはない、楼のだれもがそうでしょう。それにかような話は奉公人が主に願う話ではございますまい。私は紗世に問い質しましたよ」

「……紗世、なにか思い違いをしていませんかな。遣手としてはおまえさんの評判は承知です。だが、だれから聞かされたか知らないが、奉公人のおまえが主の私に伝えるべき話ではない。のぼせ上がるのもほどほどにしなされ。これまでの遣手としての評判はおまえだけの力じゃありませんよ。芳野楼の商いと遊女たちが支えているということを忘れていませんか。冗談にもほどがあります」

と早右衛門が声を荒らげた。

「旦那、冗談ではございませんよ。本気です」

「本気ならばなおのことです。おまえを唆した人物に言いなさい。『京二の半籬芳野楼はうちの代々の持ち物、にわか成金に売り払うほど落ちぶれておりません』とね」

「旦那、勘違いしてはいけません。私の背後にだれぞがいるなんて、私は言っていませんよ。芳野楼の商いをとくと承知のこの私、奉公人の紗世が芳野楼を買い取ろうという話です」

という紗世の平然とした言葉を聞いた早右衛門は茫然自失してしばらく言葉が口から出なかった。すると、

「旦那、楼主が替わるだけの話ですよ。抱えの女郎や奉公人はこれまで通り私が雇います。旦那と身内はそれなりの大金を手に廓の外で悠々自適の暮らしというわけですよ」

と紗世が言い添えた。

「馬鹿は休み休み言いなされ。紗世、本気でさようなことを言うているのならば、おまえさんをたった今馘首します。出ていきなされ」

と激怒した早右衛門をせせら笑った紗世が、

「このとき売っていたほうがよかったと後悔することになりますよ。私を馘にするですって、結構です。本日ただ今、わたしゃ、出ていきましょう。今月の給金の目腐れ金は長年世話になった礼代わりに置いていきます」

と立ち上がって、にやりと不敵な笑いを浮かべた。

「……そんな唐突な話でしてね。私はしばらく帳場で怒りに震えていましたよ。紗世の頭がおかしくなったのかとも思いました。ともかく気持ちを鎮めようとしていると、お針のぬいが帳場に顔を出して、『旦那、遣手のお紗世さんが楼を辞めたから出ていくと、さっさと出ていきました』と報告しましたので。七代目、これが私の承知のことで、ぬいに訊いても、驚いているばかりです。そこで、何日かしたら戻ってきて詫びるんじゃないかと、ぬいに紗世の後釜をしばらく務めなさいと命じたのです。

ともかくなにが起こったか分からず、紗世の頭がおかしくなったと思って己を得心させておりました。そしたら、こんどは七代目、おまえ様の話です。なにがなんだか、さっぱり分かりません。まさか小粋な『妾長屋』の持ち主がうちの遣手だった紗世だなんて、信じろと言われても信じられません。あの界隈の小粋な長屋風の貸家ならば百両や二百両なんて金子では買えますまい。七代目だってお分かりになりましょうが」

と早右衛門が言った。

四郎兵衛はしばし沈思していた。

重苦しい雰囲気がその場を支配した。

「七代目、もしや俵屋さんが突然に楼仕舞いした話と関わりがございますので」

と早右衛門が疑問を呈した。

「今のところ、なんとも言えませんでな。官許の吉原に厄介が見舞っていることはたしかです」

と応じた四郎兵衛は、

「遺手の紗世はこちらとは長い付き合いですな。最初は女郎としてこちらに入ったのですかな」

と話柄を転じた。

「二十一、二年前、死んだ女衒の時次が、安房からと覚えていますが十五の娘を買ってきましたのさ。父親は弁才船の水夫と聞いておりますが、名などは知りません。水夫の父親が海の事故で身罷り、暮らしに困った母親が長女の紗世を女衒に売ったんですよ。十五にしては妙に大人びていましてね、女郎になっても客と折り合いが悪く、その一方で客に遊び代の他に小遣いをたかるって聞いてね、二十二の折り、遣手の見習いに鞍替えさせたんです。そしたら、人が変わったように評判がよくなった。客と朋輩だった女郎との座持ちがいいんですよ。で、いささか若いが直ぐに遣手にしたんです。客の話を聞くのが上手でね、張見世の女郎を見る前に遣手の紗世に話を聞いて、女郎を選ぶ。そんな女郎に紗世は座敷に入る前に忠言をしていたようで、客にも朋輩だった女郎にも評判がいい。女郎では売れませんでしたが、裏方に転じてうちの客が増えたんで、こりゃ、めっけもんと私は思っていましたよ」

早右衛門が説明した紗世の来歴は番方や澄乃から聞いた話より奇妙だった。

吉原会所の七代目として、また引手茶屋の実質的な主として多くの遊女に接してきたが、紗世のように若くして裏方に転じて評判がいいのは珍しかった。

「紗世が遣手に鞍替えして十四、五年ですかね、今から七、八年前、紗世から注文が出ました。いえ、給金を上げろという話ではございません。ひと月のうち二日、朝から夜見世前まで大門の外に出て休みが取りたいという注文でしてね、夜見世前に楼に戻っているならば差し障りはなかろうと、その注文を呑みました」

「ほう、ひと月に二度、半日の休みね」

「四郎兵衛さん、その休みの半日になにをしているか、私らも仲間の奉公人も知りませんでした。そこである者が問い質すと、江戸の町をぶらぶら歩いて、新規のお店なんぞを見て歩いているって紗世が答えたそうで、それを聞いて私は、なかなか仕事熱心と思いましたよ。遣手なんてのは、客と話を合わせ、廓の外に出られない女郎には江戸でどんな化粧が流行っているかとか、あるいは評判の芝居はなにかとか教えているのだろう、と推量していましたんでね。事実、そのような遣手だったんです」

「商売熱心ではありませんか」

「へえ、近ごろの紗世は以前より物知りでしたね。私はね、二、三年前から紗世に結構年配の男がいるのではと疑ったことがあります。ですが、紗世はもはや女郎ではなし、遣手が休みの日に廓の外で男と逢引きするのを止めることは、いくら妓楼の主でもできません」

「できませんな」

「まさかこんな話になるなんて、どういうことですよ、七代目」

うむ、と四郎兵衛は返事をして考え込んだ。

「うちは半籬でも小見世に近い妓楼ですよ。うちを紗世であれ、その背後にいる人物であれ、買ったところでなんぞ役に立ちますかな」

と早右衛門が四郎兵衛に質した。

老舗の大籬俵屋や角町の町名主の池田屋などに比べて芳野楼は妓楼としては格下だった。早右衛門自らが言うように芳野楼を買い取ったところで、どんな得があるのか。

いや、その前に吉原遊廓そのものを買い占めようという佐渡の山師にして船問屋の荒海屋金左衛門の仕掛けている一件と、こたびの芳野楼の遣手だった紗世の所業に関わりがあるのかないのか、はっきりとしなかった。

「分かりませんな」

と四郎兵衛が首を横に振り、ふと思いついた。

「こたびのことがなければ、早右衛門さんは遣手の紗世を信頼して雇い続けていましょうな」

「それはもう、給金は高いわけじゃなし、楼にとって得難い遣手ですよ。これまで通りになんでも相談したでしょうな。なにしろ妓楼の内側をいちばん把握しているのは、私のような主ではなし、女将と言われますがな、遣手こそ女郎の考えから客筋、さらには帳場の内情までだれよりも通じておりましょう。と思いませんか、四郎兵衛さん」

「紗世は芳野楼の内情に通じているゆえに買い取ろうとしたか」

「七代目、最前の話に戻りますが、うちを買い取ったところで吉原の半籬の一軒に過ぎませんぞ」

「そこですな。ましてこたび早右衛門さんが手厳しく断わられた上に私どももこの一件を承知した。となると、紗世が芳野楼を改めて買い取るなんて企てはできますまい」

「できませんな」

最前からふたりは同じ話を繰り返していた。

なにかが欠けているのだ、と四郎兵衛は思った。

「早右衛門さん、どんなことでもいい。紗世について思い出したことがあれば、直ぐに会所に、私か番方に告げてくれませんか」

と願って四郎兵衛は立ち上がった。


昼見世前、四郎兵衛は番方の仙右衛門と澄乃のふたりを会所の御用座敷に呼んで、芳野楼の早右衛門から聞いた話を告げた。話を聞いた仙右衛門が、

「遣手風情が半籬とはいえ老舗の芳野楼を買い取ると抜かしましたか」

と言いながら首を捻った。

「未だ私どもが知らぬことがありそうだ。そいつを探り出さないかぎり、この話は先に進みませんぞ」

と四郎兵衛が言い、仙右衛門が頷いた。

「七代目、私、三浦屋のおかねさんと会ってきました」

と澄乃が言った。

「なにか分かったかな」

「お紗世さんは、五丁町の遣手たちと時折り遊里の外で会っていたのです。さすがに吉原一の妓楼三浦屋の遣手のかねには声がかからなかったねと、おかねさんは苦笑いしていました。こんなことが起こってみると、ただの遊びではなかったかもしれないねとも、おかねさんは漏らしていました」

「ほう、紗世が月二日の休みに会っていたのは、五丁町の遣手連中というのか」

と仙右衛門が澄乃に質した。

「はい。遣手が集ってお喋りすると、なにかいいことがございましょうか。おかねさんは自分の妓楼の主夫婦の悪口を言ったり遊女たちの行動を論って日ごろの憂さを晴らしているんじゃないかと言ってました」

仙右衛門の問いに澄乃が反問した。

「おかねさんは紗世と会っていた遣手を何人か承知なのか」

と四郎兵衛が尋ねた。

「ふたりは承知と言うておりました。ひとりは揚屋町の住吉楼の鶴女さん、ふたり目は江戸一の八女屋のおしげ姐さんです。ふたりには未だ話は聞いておりません。七代目の許しを得てからと思いました」

「早い機会に会ってくだされ」

と四郎兵衛が願った。

「この段階でわっしから言えることは、ふたりして他所の楼の内情にも通じている話し好きということだな」

「番方、私はおふたりの顔は承知ですが話したことはありません」

「新入りの女裏同心となるとあれこれ喋りそうだな」

と仙右衛門が期待する言葉を吐いた。そして、

「七代目、わっしは『妾長屋』が建つ敷地の地主の米問屋、野本の番頭に会って参りました」

「なんぞ分かりましたかな」

「土地を借り受けたのは、やはりお紗世当人でしたよ。ただし、その折りに後見として従ってきたのは恰幅のいい武家方でございまして。その武家方は身分があるゆえ身許は明かせぬ、その代わり、お紗世に借地料を十年分前払いさせると申したそうで。十年後に更新する折りも同様の条件と、当人に番頭の前で約定させたそうです。番頭としては損はせぬ商いと思い、借地証文を交わして、十年分、十五両の支払いを受け取ったと言うておりました」

「借地証文は見ましたかな」

「はい、確かめました。お紗世の身分ですが、吉原の妓楼芳野楼の遣手紗世となかなか立派な手跡で認めてございました」

「立ち会った武家方じゃが、元佐渡奉行の鳥野辺恒安当人か、その用人ということはございますまいな」

「となると佐渡の荒海屋金左衛門の一連の騒ぎに繋がってきますが、そこはなんとも。ただ今の段階では言い切れません」

「最前も申しましたがこの遣手の紗世の行い、未だ分からないことばかりです。ふたりして大変でしょうが探索を続けてくだされ」

と四郎兵衛が言った。

昼見世が始まっていたが、澄乃は江戸一の八女屋の遣手のしげに会いに行った。するとと番頭の康蔵が、

「なんだね、会所の女裏同心さんよ」

「遣手のおしげさんに会いたくて伺いました」

「おや、それは残念でしたな。おしげさんは辞めました」

「えっ、いつのことです」

「昨日ですよ、身内に不幸があって実家に帰らねばならないとか、慌ただしく大門を出ていきましたのさ」

「そ、そんな」

澄乃は急ぎ揚屋町の住吉楼に出向いた。ところがこちらの遣手の鶴女もまた辞職していた。

その瞬間、鈴の音がジャランジャラン、と鳴った。

昼見世は九つ（正午）ごろ始まったはずが、住吉楼の格子の向こうには遊女の姿がない。だが、八つ（午後二時）を大幅に過ぎた今、おふれと称する鈴の音がして遊女たちが張見世に姿を見せた。

澄乃はおふれの鈴の音を聞くこともなく茫然としていた。そして、楼の遣手が不意にいなくなったために混乱しているのか、という考えが頭を過ぎった。

# 第二章　吉符入

一

京・祇園。

旧暦五月十九日（新暦七月初め）吉符入前夜、神守幹次郎は一力茶屋の帳場で一夜を過ごした。むろん主の次郎右衛門はその夜は一歩も外に出ることはなかった。

翌日、吉符入当日からひと月にわたる祇園御霊会、祇園会の祭礼が始まった。会とは祭礼を意味する。また吉符入とは「神事祭礼の無事」を祈願し、諸々の「催しの打ち合わせ」をするといった趣旨の儀式だ。

幹次郎は置屋の河端屋芳兵衛、揚屋の一松楼数治、料理茶屋と仕出し屋の中兎瑛太郎の三人の旦那衆の家々を回り、その無事を確認した。いったん一力に戻った幹次郎を京都町奉行所目付同心の入江忠助が待ち受けていて、

「三井与左衛門どのは無事に朝を迎えられたぞ。むろん大番頭どののお顔をそれがし、確かめてござる」

と告げた。

元来祇園旦那七人衆のうち六人は、鴨川の東の祇園界隈に住んでいた。とはいえ祇園社の氏子区域は、南北はおよそ松原通から二条通、東西は鴨川を挟んで東山から千本通までと広大であった。三井越後屋の京店は鴨川の西にあり、大番頭の与左衛門だけが離れて住んでいた。ために入江忠助が与左衛門の無事を確認することを幹次郎と事前に打ち合わせていた。

祇園会の氏子中の氏子の七人衆は、一昨年の吉符入前夜に四条屋儀助、さらに昨年の吉符入前夜に猪俣屋候左衛門が殺されて「五人衆」になっていた。

「これで五人になった祇園の旦那衆は無事に吉符入の日を迎えたことになる。どなた様かが不善院三十三坊を始末したゆえ、残った五人の旦那衆はなんとか生き延びた」

「入江どの、祭礼の無事祈願は本日これからです」

「長いひと月になるな」

入江の言葉に頷いた幹次郎は、

「それがし、清水寺に参ります」

と入江同心に言い残すと、すでに馴染んだ祇園から清水寺への緩やかな坂道を歩み出した。

清水寺では老師の羽毛田亮禅がいつも通り無言で幹次郎を迎え、京の町並みに向かって天明の大火の慰霊の読経を始めた。

幹次郎はその傍らで両手を合わせ、大火で身罷った大勢の犠牲者の御霊を弔うとともに、本年の祇園御霊会が恙なく進行することを祈った。

読経を終えた老師が、

「神守様、このひと月、気ぃつけなはれ」

と短い言葉で別れの挨拶をした。

「老師、五人の旦那衆の安寧を護ることはもちろんですが、それがし独りでなく合力を得ます。ゆえに中御座、東御座、西御座の三基の神輿を主にお護りしとうございます」

幹次郎は旦那衆五人の人よりも三基の神輿を護ることで役目を果たそうと考え

ていた。

「おお、それはええこっちゃ。感神院の執行はんはそう承知やな」

「はい、彦田執行と一力の主どのにはその旨伝えてございます」

「長いひと月になりますな。感神院の祭礼祇園会は、聖と俗とが力を合わせて厄災を払うためのもんや。神守様、このひと月、三基の神輿をお護りすることで江戸の遊里にはない祇園の祭礼が見聞できます。素戔嗚尊様が神守様と麻様にな、江戸への土産をなんぞ教えてくれはりますやろ」

「ならば有難いことでございます。無心に相務めます」

幹次郎は無言で会釈を返し、音羽の滝に下りた。そこではおちかと孫娘のおやすが驚いた顔で幹次郎を迎えた。

「吉符入やけど、神守はん、祇園におらんでええんどすか」

「お婆様、もともと祇園社の祭礼、祇園会は疫病退散を願ったのが始まりと聞きました。江戸者のそれがしがなすべきなのは、祇園会の神事を傍らに控えて見守ることでござろう」

幹次郎はいつものようにふたりに従って、音羽の滝の水を汲んだ桶を産寧坂の茶店まで運んだ。

「今朝はこのまま神輿蔵に立ち戻ります」

いつもは茶を喫するのだが、その足で神輿蔵に戻った。

すると輿丁頭の吉之助らが三基の神輿の点検をなしていた。祇園社の氏子の中の氏子、祇園町人とも呼ばれる祇園社のおひざ元の輿丁らの白半纏姿が清々しかった。

「輿丁頭吉之助どの、ご一統様、それがし神守幹次郎、本日の吉符入より後の神輿洗まで付き合わせていただきとうございます。江戸の者ゆえ知らぬことばかり、神事を穢したり祭礼を邪魔したりするような折りは厳しく叱ってくだされ」

と幹次郎が頭を下げて願った。

「今年の祇園会は強いお味方が従ってくれはりますわ」

と笑みを見せた吉之助が、

「彦田執行はんから預かりもんどす」

と畳紙に包まれたものを幹次郎に差し出した。

「なんでござろう」

「着替えなはれ、うちらの仲間入りや」

「ならばただ今」

と幹次郎は神輿蔵の二階座敷に上がり、畳紙を開けた。

真新しい白小袖と白半纏が現われた。

幹次郎が早速着替えてみると、ぴたりと合った。幹次郎の体に合わせて誂えられたようだ。腰に五畿内摂津津田近江守助直を差し落として神輿蔵の一階に下りた。

「吉之助どの、いささか無粋は承知じゃが、刀は差させてもらった」

「神守様のお役目には刀は欠かせないやろ。まず拝殿を訪ねなはれ。彦田執行がお浄めをしてくれはりますわ」

と言った。

「おお、それはよい」

幹次郎が神輿蔵から拝殿に向かうと、若い禰宜が、

「執行がお待ちどす」

と本殿の前に誘った。

「おお、ようお似合いや」

と彦田執行が迎えた。

「この床几の前にお座りよし。刀は膝に置きなはれ」

と言った彦田執行が紙垂(しで)の付けられた榊(さかき)を手にした。

幹次郎は軽く低頭(ていとう)した。

彦田禰宜総頭の祝詞(のりと)を聞きながら、このひと月、助直を使うような事態にならないことを主祭神(しゅさいじん)に祈った。

低頭した幹次郎の頭の上を榊が舞って祈願が終わった。

「これで神守様もな、祇園町人、氏子衆の一員どすがな」

「清々しい祭礼衣装を穢さぬように相務めます」

と幹次郎が言うと、うんうんと彦田執行が頷いた。そして、

「七つ（午後四時）の刻限、神事に仕える氏子衆がこの本殿に集まってな、改めて一年ぶりの神事の段取りを確かめますのや。それまで神守様にはなんもすることがおへん。門前町をひと廻りしてきなはれ」

と幹次郎に命じた。

幹次郎は祇園社の石段を下りて四条(しじょう)通に出た。

白の装束(しょうぞく)のせいか、往来(おうらい)する人たちが幹次郎を好奇(こうき)の眼差(まなざ)しで見ていると思った。幹次郎もまた祭礼の装束のせいで気持ちが引き締まった。

お宮さん、とかお宮はん、と門前町の住人に呼ばれる祇園社の西楼門から指呼の間に茶屋の一力はあった。一力はいつもと違い、ハレの日々が始まる雰囲気があった。

幹次郎は一力の入り口前で迷った。

「幹どの、裏口から通ろうかどうかと迷ってはりますんか」

と暖簾の向こうから麻の声がした。

「いかにもさよう」

と答える幹次郎の前に麻が現われて、祇園社に長年仕える祇園町人、氏子衆を示す装束をまぶしそうに見た。

「まさかそれがし、ご一統に倣って祭礼衣装を頂戴しようとは思わなかった。どうだ、この形は」

「姉上にお見せしとうございます。幹どのが神々しゅうおす。神守はんは名の通り神様をお守りする男、氏子はんにならはりました」

と言った。

麻に案内されて助直を腰から外し、一力の帳場座敷に通った。そこには主の次郎右衛門と女将の水木がいたが、白の着流し、白半纏に祇園舎の神紋を背に負った幹次郎の形がここでもとっくりと見られた。

「ようお似合いや、見違えましたがな。お宮の本、氏子中の氏子、祇園町人の一員どすな」

「ほんに神守様の白装束、頼もしくも心強いかぎりどす」

とふたりが言い合った。

「次郎右衛門様、ただ今お宮の本と申されましたな。幾たびか耳にしましたがお宮の本とは氏子衆、祇園町人の別称でござろうか」

「お宮の本どすか。祇園感神院のことをうちらは気安うお宮さんと呼びましてな、お宮の本に代々住まいして神事を手伝う氏子衆を祇園町人と呼びます。それを宮の本と言うお方もいはりますんや。神守様は姓からして宮の本、祇園町人の頭どす。いい形どすわ」

と次郎右衛門が言った。

ちなみに祇園会の宮に仕えるゆえ氏子衆、祇園町人はのちに「宮本組」と呼ばれるようになる。

「いささか、形だけ祇園会に仕える氏子衆の一員にさせてもらいました。この装束を穢さぬようひと月の祭礼を務めさせてもらいます」

と幹次郎は応じた。

「おおそうや、改めて礼を申します。お陰で旦那衆五人、無事に吉符入の日を迎えました。これも神守様と入江同心はんのお陰どす。有難いことどす」

と次郎右衛門が改めて礼を述べた。

「相手方は考えを変えてきたのか。ともかくこのひと月に次なる騒ぎが起こらぬことを願っております。次郎右衛門様、外出の折りは必ずそれがしに声をかけてくだされ。いつなりとも同行致しますでな」

次郎右衛門が頷いた。

「今朝も清水はんに参らはったんかいな」

「はい。羽毛田老師の読経にお付き合いして手を合わせて参りました。そのあと、神輿蔵に戻ってこの衣装を輿丁頭の吉之助どのから頂戴し、彦田執行のお祓いを受けました。なにやら京に参ってからそれがし、最も清々しい気分でこの日を迎えました。宜しゅうご指導のほどお願い申します」

「祇園会はひと月ゆるゆると続きます。せやけど、神事や祭礼がびっしりと詰まってるわけやおへん。今宵からコンチキチンと呼ばれる祇園囃子の稽古、二階囃子が始まります。おふたりして川向こうに見物に行ってきなはれ。これも修業、勉強どす」

と次郎右衛門がふたりに言った。

「二階囃子、でございますか」

と幹次郎は初めて聞く言葉に問い返した。

「義兄上はコンチキチンも知らしまへんか」

と麻が幹次郎に質した。

「うーむ、知らぬな」

と幹次郎が困惑の体で応じた。

「神守様、祇園会は疫病退散の祈願の祭ということはご存じどすな」

「それはもう」

「祇園囃子は、鉾の上で能やら狂言やらを演じた名残と伝えられてます。締め太鼓に、能管、すなわち竹笛どすな。それに摺り鉦の三つでな、演じる調べが京の者には、コンチキチン、コンチキチンと聞こえますんや。この祇園囃子は、疫病の因といわれる悪霊をな、誘きよせる役目を果たしているんどす。この稽古が今宵から川向こう山鉾町の各鉾方の会所で始まります。この囃子の稽古をな、二階囃子というてな、祭礼に先立つ京の風物詩どすがな」

と次郎右衛門が懇切に説明してくれた。

幹次郎は、吉原の夜見世前より始まる清掻の調べのようなものであろうかと、ふたつを重ねて想像していた。

「義兄上、京と江戸はすべて異なります。うちも女将さんをはじめ、女衆から聞かされましたけど、よう分かりまへん。今宵、ごいっしょに見物に参りましょうな」

と幹次郎の胸のうちを読んだように麻が願った。

「麻様なら、一度コンチキチンを聞かはったら覚えてしまいますな。百聞は一見にしかずと言われますやろ。一番鉾の長刀鉾はんの二階囃子を聞いてきなはれ。その形ならば会所に上がることも拒みはしまへんやろ。なんぞあったら、うちの名を出したらよろし」

と水木が言った。

「ならば麻、夕刻前に一力茶屋に戻ってこよう」

と麻に応じた幹次郎は、

「次郎右衛門様、それがし、吉符入の祇園門前町を見廻りに行ってきます」

幹次郎を麻が一力の表口へと見送ってきた。

「麻、困ったことはないか」

「うち、一力はんに居てるだけで、耳学問どす。なんも困ることなんておへん」

と答えた麻が、

「それより幹どのこそ、孤軍奮闘してはるんやありまへんか」

「孤軍奮闘とはいえまい。京都町奉行所の入江どのがおられるし、なにより祇園の旦那衆がわれらを助けてくださっている」

「それは幹どのが、命を張って旦那衆の力になってはるからとちゃいますの」

「相身互いだ。ともかく京の滞在で一番大事な祭礼が始まった。それがしの役目は、五人の旦那衆のお命とともに、三基の神輿をお護りすることだ。これまでの吉原会所での務めが役に立っておる。案ずることはない」

と幹次郎は麻を安心させるように言った。

「幹どの」

と麻が声を潜めた。

「姉上のためにも私たちは無事に江戸に戻らねばなりません。決して吉原会所のためや京の旦那衆のために無理をしてはなりません」

麻の口調がにわか仕込みの京言葉から江戸の語調に変わっていた。

「麻、そなたらしくない言葉じゃな。われら、江戸を出たときから命を張って旅して参った。京に来てなにを学ぶか、それがし、未だよう分かっておらぬ。ならば命を捨てる覚悟で、われらを助けてくれるお方に応えることが唯一の方策、いや、生き方ではないか」

幹次郎の言葉に麻が身を竦めて黙り込んだ。

「それがしの生き方を貫かせてくれぬか、麻」

長い沈黙のあと、

「幹どの、麻は大きな考え違いをしておりました。いかにも私たちは京に身を捨てる覚悟でなければなにも学べません。それをいつしか」

「忘れておったか」

「はい」

「京での真の身内はそれがしには加門麻、麻にはこの神守幹次郎しかおらぬ。ふたりしてなにが京のためになせるか、やってみようではないか。よいか、麻」

「はい」

「京にて武運拙くそれがしが命を落とすときは、加門麻、そなたのために命を張った結果だと信じてくれ」

「は、はい。麻も幹どののために命を落とす覚悟はついております」

幹次郎は麻に頷くと、祭礼のために架けられた、鳥居のある四条の浮橋を渡って祇園の見廻りを始めた。その背をいつまでも麻の眼差しが追っていることを幹次郎は承知していた。

四条通から路地に入り、ようやく麻の視線が消えた。

祇園の町並みが一夜にして変わっているように幹次郎には思えた。祇園のふだんの顔と違い、祇園社の祭礼を迎え、ハレの日に町並みや人の往来まで違って見えた。だが、この幹次郎の考えは間違いということを神輿洗の日に気づくことになる。神事も祭礼も本式には、神輿洗に始まり、還幸祭(かんこうさい)に終わるのだ。

「お侍はんは祇園町人にならはったか」

と、祭提灯(まつりぢょうちん)が飾られていた鯖寿(さばず)しが名物という老舗の店から、若い奉公人か、幹次郎を承知で声をかけてきた。

「それがし、氏子になるほど何百年もの歳月をこの祇園で過ごしてはおらぬでな、にわか氏子にござる」

「にわか氏子はんが祇園感神院の神輿蔵に住み込んではるな」

と念押しした。

「いささか事情がござってな」

「そこが妙どすがな。祇園町人は江戸者のにわか氏子やなんて決して許しまへん。けどお侍はんは住んではる」

「それがしも未だ神輿蔵の一角に住んでよいのであろうかと自問しておるところだ」

「答えが出ましたかいな」

「それがしが神輿蔵の一角に住むのは、旦那衆とともに、祇園社の主祭神素戔嗚尊の中御座をはじめとする、三基の神輿をお護りするためと己に言い聞かせており申す。いささか烏滸がましい言葉じゃがな」

麻に話したのとほぼ同じ考えを口にした。

「いや、そんなら得心しますわ」

「ほう、あっさりと野暮な江戸者をお許しになられたな」

「うちの鯖寿しをな、観音寺道場の先生がお好きなんや。そんなわけでな、あんたはんが道場破りをなんやらけったいな気合いとともに倒すところを偶さか見せてもろうたんや。あんたはん、薩摩の出か」

「あの立ち合いを見ておられたか。それがしは薩摩とは一切関わりがござらぬ。

最初の師が薩摩剣法を教えてくれたでな、こけおどしじゃが、ときに使わぬと錆びつくと思うてな、使うてみただけじゃ」

「魂消たわ。あのお侍はんが吉符入の日に氏子衆の形とは、なんともけったいや」

「当のそれがしが驚いておるのだ。観音寺先生の名が出たところで、すまぬが先生への手土産にしたい。鯖寿しをもらえぬか」

「お侍はん、鯖寿しを食うたことはあるかないか、どっちや」

「ござらぬ」

「ならば、うちの店に入ってな、鯖寿しを食しなはれ。観音寺先生の寿し、その間に用意したるわ」

「なに、それがしも食せと申されるか」

「観音寺先生の名と祇園社の氏子の装束にな、うちが馳走します」

と幹次郎が奉公人と勘違いした主の伊之助が言った。

## 二

幹次郎は鯖寿しの包みを提げて、白川沿いにある禁裏門外一刀流の道場を訪ねた。

門弟がひとりもいなかった。日ごろから門弟の数はさほど多くはなかったが、祇園会ゆえひとりもいないのか、幹次郎には判断がつかなかった。

「祇園の祭礼ゆえ本日の稽古は休みですか」

「というわけではないけどな、こんなふうに門弟がひとりとして姿を見せぬ日も偶にはある。神守どのは稽古に見えはったか」

と淡々と応じた観音寺の眼差しが幹次郎の提げている包みにいった。

「いえ、祭の間はなにごともなきように見廻りをなす所存です」

「そなたも伊之助の鯖寿しが好みやったかいな」

と観音寺が尋ねた。

「最前まで鯖寿しの名店が祇園にあることも知らず、主の伊之助どのに声をかけられ、初めて食し、あまりの美味さに驚きました。先生もこちらの鯖寿しが大のお好みとか。本日は祇園会の始まりゆえ先生に手土産にと思っておりましたが、伊之助どのは、それがしが食した鯖寿しも先生の手土産分も無料にしてくれました」

「祇園町人の衣装の神守どのには伊之助も金子を請求できひんやろ。京で食い物屋がただやなんてまずないな。そなたの働きがなんとなく祇園界隈に知られたんとちゃうか」

「さほどの働きはしておりませんがな」

「白川の巽橋で禁裏一剣流の不善院三十三坊なる剣術家が身罷り、骸が見つかったとか。その斬り口の鮮やかなことを入江忠助がえらく褒めておった。『京にはあのような遣い手はおらん』と言うてな。だれが斬りはったか知らんけど、祇園の旦那衆はほっと安堵してはるやろな。今年の吉符入前夜はなにごともなかったのとちゃうか」

「はい、騒ぎがなくてようございました」

とさらりと応じた幹次郎は、持参した鯖寿しの竹皮包みを見所に座す観音寺の傍らに置き、

「それがしも祇園会の新入り氏子のひとりとして見廻りに参ります」

「神守どの、馳走になる」

「最前申しましたぞ、それがしも初めての美味を馳走になり、先生への土産を言づかったのです。礼は伊之助どのに願います」

　と幹次郎が言った。

「伊之助はあの鯖寿し屋の何代目やったかいな、これまで銭を払わんと品をくれたんは初めてや。祇園の祭礼やからと言いたいけど、やっぱり神守幹次郎どのの働きぶりに対してとちゃうか」

「未だ京の暮らしが分からず、ただ旦那衆の命を受け、あるいは入江どのに付き合って走り回っているだけにございます」

　と言い残した幹次郎は観音寺道場を出ると、吉符入の祇園をあちらこちらと見て回った。だが、にわか造りの四条の浮橋を越えて西に足を踏み入れることはなかった。川向こうの二階囃子は麻といっしょに見物に行く約束ができていたからだ。

　京の町屋は東西南北に並行して大路が走っていた。と同時に、大きな通と通の間に路地が曲がりくねって走っていた。

　吉原の蜘蛛道のようだと言いたいが、まるで規模と雰囲気が違った。官許の遊里吉原の五丁町は二万七百六十余坪しかない。南北に流れる鴨川に隔てられた千年の都と比べようもない。

祇園界隈の小路には多彩な暮らしがあった。そして、ふだんの暮らしが祇園会の吉符入で少しばかり装いを変えていた。

「神輿蔵のお侍はんも祭に来はったえ。形がええわあ」

とか、

「一年いちどのええ日和やし、祇園会はええな」

などと声をかけてくれた。

路地にも祇園祭の灯りとなる駒形提灯の小ぶりのものが飾られてあった。そんな小路を幹次郎は飽きることなく歩き回った。

ふと気づくと置屋と思える家の前に出ていた。駒形提灯に、

「鶴野屋」

とあった。

幹次郎はどこかで聞いた名だと思った。

不意に引き戸が開いて舞妓が祭用の浴衣姿で現われた。

互いに見つめ合った。

先に気づいたのは手に摺り鉦を持った舞妓だった。

「一力の麻はんのお義兄さんや」

「おお、そなたはたしか舞妓のおことであったな」

以前に花見小路近くで酔った侍に絡まれていたところを救った舞妓だった。

「さようどす」

「本日は吉符入、仕事は休みかな」

「いえ、ちゃいます。うち、山鉾町、長刀鉾の会所の裏手の出どす。物心ついた折りからお囃子の稽古をしてきましたんや。お囃子のお稽古も祇園会に仕えることどすえ」

「おお、祇園囃子の稽古を二階囃子というそうな。そなたは鉦方かな」

「ほんとは能管を習いとうおす。けど、笛は男衆の掛どす」

「さようか、われら、コンチキチンを聞いたことも見たこともないでな、夕暮れどき、麻といっしょに見物に参る」

「ならばお侍はん、あちらでお会いしましょ」

とおことがいそいそと祭囃子の稽古に向かって去っていった。

七つ前、神守幹次郎は祇園感神院の本殿西ノ間に戻った。すでに本殿には輿丁頭の吉之助ら何十人もの祇園町人が祭礼の衣装、揃いの半纏を着て集まっていた。舞殿には神輿蔵から移された三基の神輿が鎮座していた。この三基の神輿の前を、御矛、御楯、御弓、御矢、御剣、御琴の順に、六種のご神宝が先導する。三基の神輿にそれぞれ六種のご神宝がつく。別格のご神宝として、

「勅板」

がある。

円融天皇が天延二年（九七四）、御旅所を寄進されて神輿渡御を命じられた経緯から、その勅令が記された錦の袋に包まれた板である。他のご神宝を捧持する氏子が籤取りで決まるのに対して、勅板だけは、石段下の菓子司遠藤家と切通しの料理屋左応家が交替で担当し、「籤取らず」であった。

幹次郎が腰から津田助直を外すのを見た巫女が、こちらへ、と招いた。手水を取って浄めを受けた。そこで幹次郎は下座と思える席に控えようとした。それを見た吉之助が無言で己の傍らを示した。

「それがしは新入り」

と言いかけた幹次郎に吉之助が、

「あんたはんの姓がこっちに呼んどります、神守様」

と命じた。もはや抗う言葉もない。

宮司、執行ら祇園感神院の幹部が入室してきて、まず祇園会の無事の祈禱が行われた。斎主は彦田行良が務めた。

さらに神事の打ち合わせが始まった。

後年宮本組と呼ばれるようになる祇園感神院の氏子、祇園町人といっしょに厳かな吉符入の神事を受けた幹次郎は、本当にその一員になった心持ちであった。

籤取りが行われ、神輿三基を護る六種のご神宝をどの氏子が捧持するかが決まった。

祝詞を終えた彦田執行が幹次郎を呼んで、

「神守様、神輿三基は輿丁頭の吉之助はん以下、祇園町人が護ります。神守様の出番は十日後の神輿洗まであらへんやろ。それまでは祇園の旦那衆方の用事をしなはれ」

と言った。

「分かり申した。ならば祇園町の会所に詰めております」

「あんたはん、祇園町の会所の場所を承知やろな」

「いえ、訪ねたことはありません」

彦田執行が祇園町の町人の前でその場所を教えてくれた。

「あの界隈なればよう歩いておりますが気がつきませんでした」

「今日はな、祭提灯が軒下にぶら下げられてましてな、戸も開けられてますよって、すぐに分かりますわ」

「有難うございます」

「神守様、江戸から来はった早々に忙しゅうおすな」

と声をかけたのは輿丁頭の吉之助だ。

「いえ、なにをしてよいのか分からぬゆえ、右往左往しているだけでござる。それがしでなんぞ役に立つ雑事があればなんなりとご用命くだされ。祇園町会所に待機しております」

「承知しましたえ」

幹次郎はいまや馴染になった祇園社の西の石段を下りて四条通に出ると、鳥居の立つ四条橋の方角を見た。

昨日までとは門前町の雰囲気が変わっているように思えた。町並みがどことなく晴れやかで上気していた。軒下に吊るされた駒形提灯のせいだろうか。往来する人々の表情にも今年の祇園会を無事に迎えた喜びがあった。

「神守幹次郎、未だ京におったか。吉原の野良犬めが、京にてエサを漁る真似をせず早々に江戸に立ち戻れ、去ね、目障りじゃ」

といきなり嫌味の声がかかった。

振り返らずともその声音から、幹次郎の旧藩、豊後岡藩中川家の御使番与謝野正右衛門と分かった。振り向くと相変わらず黒羽織に袴姿で立っていた。若い家臣か、ふたりを伴っていた。むろん幹次郎は知らない顔だった。

「いつぞや申しましたな。京での用事が終われば江戸に戻ります」

「用事が終わらぬと抜かすか。その形はなんの真似か。祇園社の雑事をなす仕事をもらったか」

と大声で質した。

幹次郎は戸惑った。これまで与謝野は幹次郎に丁寧な口調で接していたが、急に蔑んだような言葉遣いに変わっていた。岡藩京藩邸の中で、なにかあったのか。

祇園社にお参りに来た氏子衆が、

「どこぞの田舎侍が祇園町人の守り方に嫌味を言うてはるわ」

「今日がなんの日か知らん野暮天薩摩侍とちゃうか」

などと言い合って通り過ぎようとした。

「待て、町人」

と叫んだ与謝野が、

「そのほうら、ただ今われらのことを田舎侍とか野暮天薩摩侍と申さなんだか」

「おや、聞き間違いとちゃいますか。うちら、祇園はんの祭礼のことを口にしただけどす、袴姿のお侍はん」

「抜かしおったな。その分ではただでは済まぬぞ」

と与謝野が若い家臣に顎でなにごとか命じた。

「与謝野様、本日より祇園感神院の祭礼、祇園会が始まります。祇園社の氏子の方々にとって一年一度の大事な神事、祭礼にございます。上気された祇園の方々の京言葉は、われらよそ者にとっては聞き取り難うございます。どうかお見逃しくだされ」

と幹次郎が願った。

「ならぬ、武士を嘲弄した町人を黙って通すわけにはいかぬ。野島、園崎、こやつらを懲らしめよ」

と与謝野が命じたが、若侍ふたりは祇園社の西楼門前で乱暴を働くことに躊躇した。

「与謝野様、繰り返しますが本日の吉符入よりひと月、京の方々は祇園会に興奮しておられます。どうかこのままお行きくだされ。騒ぎを起こすと岡藩のためになりますまい」

と幹次郎が窘め、祇園町人に行くように手で命じると、ふたりは呆れ顔で立ち去った。

「おのれ、下郎、わが藩のためにならぬじゃと」

「はい、貴藩は京に屋敷を構えて商いをなされると過日耳にしました。京の方々を敵に回して商いなどできますまい。まして厄介な品を扱うとなると、与謝野様、面倒極まりのうございましょう」

与謝野が幹次郎に詰め寄り、

「神守、そのほう、それがしを脅す気か。当藩の京屋敷では真っ当な品しか扱わぬでな、なにひとつ案ずることはない」

「すでに京では噂が流れておりますぞ」

「なに、噂とはどのようなものか」

幹次郎がしばし沈黙して間を置いた。

与謝野が苛立つ様子を見せた。

「巷の噂ではツガルとかあの字がつく品を扱われるとか。京都所司代も京の町奉行所もすでに噂話の真偽を確かめ始めたとか聞いており申す」

と幹次郎は与謝野だけに聞こえる小声で囁いた。

「ツガルじゃと、あの字じゃと」

と応じた与謝野が、

「な、なんのことか、奇妙なことを抜かしおって」

と言い添えた顔がすでに青ざめていた。

「ならばようございます。それがしはこれにて失礼致します」

「ま、待て。そのほう、函谷鉾の会所跡にあったとかいう阿芙蓉窟のことを承知か、まさか神守、そのほうが潰したのではあるまいな」

与謝野はどこから聞き知ったかツガルと称する阿片、阿芙蓉を吸引するための阿芙蓉窟があることを、そして、それが何者かに潰されたことを知っているとうつかり口にした。

「それがし、なんの関わりもございませぬ。されど岡藩京屋敷の与謝野様がなぜさようなことを知っておられますな」

「世間の噂話でな」

「知ったと申されますか。与謝野様、京は江戸とも岡城下とも違います。軽々に口になさると貴藩の京屋敷でもさような商いを企てておられるかと推量されますぞ」

と幹次郎が与謝野をいたぶった。

「神守、さ、さようなことは当家では決して考えておらぬ。われら、真っ当な品を京にて売り買いしようとしておる」

幹次郎は与謝野の動揺(どうよう)ぶりから、やはり岡藩京屋敷では長崎口(ながさきぐち)で入手した阿芙蓉を密売しようとしているのではないか、と思った。

そのとき、祇園社の西楼門下の石段に幹次郎と同じ白半纏を着た祇園町人衆が姿を見せたのを見て、阿芙蓉話に狼狽(ろうばい)していた与謝野が幹次郎の衣装と見比べ、

「そのほう、祇園社の用心棒を務めておるか」

と話柄を転じた。

「お侍はん、神守幹次郎様は、うちらの仲間、祇園町人の一員や。祇園会の最中

に騒ぎを起こすと、西国(さいごく)の大名家の京屋敷なんてあっさりと潰れますわ。京にも公儀(こうぎ)の役所、京都所司代、町奉行所もおます。祭礼の間は大人しゅうしていなはれ」

と輿丁頭の吉之助に石段の上から窘められた与謝野を若侍が、

「参りましょう、与謝野様」

と強引に連れ去った。

「助かりました」

と幹次郎が吉之助に礼を述べた。

「礼を言うのんは、うちらのほうどす。神守様は雑魚侍(ざこざむらい)相手に務めを果たされただけのこっちゃ」

と吉之助があっさり言った。

「それがし、新たな騒ぎが起こらぬうちに祇園町の会所に参ります」

と幹次郎は早々に祇園町会所に向かった。

祇園感神院の氏子中の氏子、祇園町人の集まる祇園町会所は四条通と東大路(ひがしおおじ)が交差する南側にあった。

幹次郎はこれまで祇園町会所の前を通ったことはあったが、そこが祇園町の会所とも気づかずに通り過ぎていた。

ちなみに記す、幕末のことだ。騒乱の京に江戸から派遣されてきた新選組が池田屋の尊攘派志士を襲撃する際の前線詰め所になったのが祇園町会所だ。現在では日本漢字能力検定協会の漢字ミュージアムに変わっている。

話を戻す。

祇園町会所では涼やかな着流しに夏羽織の旦那衆、一力茶屋の主の次郎右衛門や三井越後屋の大番頭の三井与左衛門、置屋の主の河端屋芳兵衛、料理茶屋と仕出し屋の主の中兎瑛太郎、揚屋を営む一松楼数治の五人の旦那衆が顔を揃え、円座になって見合っていた。だが、祭礼の初日、吉符入とは思えないほどに無言でその顔は不安に包まれていた。

「ご一統様、なんぞございましたか」

と幹次郎が質した。

五人の顔がゆっくりと幹次郎に向けられた。だが、だれひとりとして口を開く者はいなかった。

幹次郎は腰から五畿内摂津津田近江守助直を外し、

「そちらに上がらせてもろうてようござろうか」

と願った。

ようやく一力茶屋の主の次郎右衛門が頷き、こちら、といった仕草で指示した。

「失礼致す」

と幹次郎が座敷に上がった。

祇園町の会所には他にも祭装束を着た者たちがいたが、五人の旦那衆のもとから離れてちらりちらりと見やっていた。

「どうなされました」

とだれにとはなしに問うた。

「あんたはん、ほんまに不善院三十三坊を始末しはったんやろな」

といつもは他の旦那衆の発言のあとからしか口を利かない中兎瑛太郎がいきなり幹次郎に質した。

幹次郎はしばし間を置き五人の旦那衆を順繰りに見て、

「中兎の旦那どの、なんぞ勘違いしておられる。それがし、不善院三十三坊なる者を始末した覚えなどござらぬ」

と答えた。

禁裏一剣流剣術の遣い手と、その者の手で刺殺された四条屋儀助と猪俣屋候左衛門の仇を討つために戦い、斬り捨てて白川に落としていた。だが、かような行為は表沙汰にされたわけではない。暗黙の了解のもとに、

「始末」

したのであって、かようなことをかような場で口外してはならなかった。

「なにがございましたな」

と一力茶屋の次郎右衛門に幹次郎は質した。

「神守様、この文や」

と次郎右衛門が襟元から一通の書状を出して幹次郎に差し出した。

「読め、と申されますか」

表書きには祇園の旦那衆五人の名が列挙してあった。

次郎右衛門から手渡された書状の差出人は、

「禁裏一剣流　不善院三十三坊弟七十七坊」

とあった。

「身罷られた者の弟から文が届きましたか」

「三十三坊が死んだと言い切れますのんか」

と中兎瑛太郎がまた詰問した。

「最前お答えしましたが、それがし、その者とは関わりがござらぬ。されどその者が死んだことは京都町奉行所でも承知のことにござる」

だれも幹次郎の言葉に応じなかった。

致し方なく幹次郎は書状を披いて読み始めた。

## 三

江戸・吉原。

廓内で老練とだれもが認める遣手や女衆頭が、なんと紗世の他に三人もこの半年以内に楼を辞めていた。

「妾長屋」の持ち主、もと芳野楼の遣手の紗世と時折り廓の外で会っていたという揚屋町半籬住吉楼の遣手の鶴女、江戸町一丁目の小見世八女屋の遣手のおしげ、それに角町の大見世松亀楼の女衆頭のおひろの三人だ。ただしおひろが廓の外で紗世と会っていたというたしかな証しは取れていなかった。ともかくこの半年以内に吉原でも老練な女衆が相次いで辞めていたのは事実だった。

四郎兵衛と番方の仙右衛門がふたりの遣手とひとりの女衆頭の名の書かれた紙を見ながら沈黙していた。吉原会所の七代目頭取の座敷でのことだ。

ふっ
と息を吐いた仙右衛門が、

「三人の遣手や女衆頭は、長年勤めた仕事を辞して、お紗世のように江戸のどこかで小商いでもしているのでしょうか」

「このご時世ですぞ、番方。たしかに廓の景気は悪うございます。といって表に出て小商いをするよりは、廓にいるほうが確実に給金はもらえましょう。妓楼の主や朋輩から信頼されていた女衆がなぜ急に辞めたのか。それも朋輩や会所に挨拶もなしに職を辞している」

と四郎兵衛が首を捻った。

「鶴女は母親が身罷り、弔いに行かせてほしいと楼主貢三さんに断わって川向こうの平井村に戻りました。貢三さんに宛てた文で、実家の面倒をみざるを得ないと言うてそのまま辞めております。楼に残した衣服などは朋輩に分けてほしいとも書いてあったそうな」

「ということは鶴女に関しては紗世の誘いで辞めたのではございませんかな」

「しかし、お紗世と廓の外で会っていた女衆のひとりですよ。文の字はたしかに鶴女の手跡と貢三さんも認めています。遊女ではありませんから三月おきの給金は鶴女がすべて所持していた、最後の給金ももらったばかりでした。主は、地味な気性とつつましやかな暮らしぶりゆえ五十両近くは貯めていたはずだと言うております。その金子は実家に戻る折りに後生大事に持参していったそうです」

「そんな気性の鶴女ならば、着物も大事にしていたのではないか。二十年以上も勤めた楼に残した衣装などを朋輩に分け与えろと貢三さんに認めておりますか」

「お紗世と関わりがあるとしたら、母親の弔いは嘘ということになりましょうな。とするとお紗世が鶴女の持ち金を奪うために誘ったか」

うーむ、と唸った四郎兵衛が、

「それもまたいまひとつ解せませんな、私どもが摑んでないなにかがある」

と首を捻り、

「番方、紗世を含めてこの四人が軌を一にすることとはなんでございましょうな」

「軌を一にすることとですか、昨日今日の吉原者ではありませんな。だれもが二十年以上この廓で働き、花魁衆からも姐さんと慕われていた連中です」

「三浦屋のおかねさんと同じくらい長く奉公をしており、廓のことならばなにごとも承知の女衆ですな」

「番方、それですよ。紗世以下の四人は自分の妓楼だけではのうて、よその妓楼の内情も承知していたのではございませんかな」

仙右衛門がしばし両目を瞑って沈思した。目を見開いた番方が、

「七代目、この四人、あるいはわっしらが知らぬ女衆が加われば、廓内の妓楼であれ引手茶屋であれ見番であれ、すべて内情を把握しておりましょうな」

と頷きながら応じたとき、玉藻が、

「お父つぁん、うちの裏口に澄乃さんが供を連れて頭取に会いたいと願っておりますが」

「なに、澄乃が山口巴屋の裏口に供を連れてきているじゃと。供はだれかな」

「南町奉行所定町廻り同心桑平市松様です」

ほう、と言った四郎兵衛が、

「こちらにふたりを通しなされ」

と即刻許しを与えた。

桑平は着流しに巻羽織姿ではなく普段着だった。

「邪魔するぞ、七代目」

「なんのことがございましょうや。今月は南の非番月でしたな」

「いかにも非番月。本日は休みであったゆえ子どもふたりと越前堀で釣りの真似ごとをしておるとな、うつぶせになった女の骸が釣り糸に引っかかったのだ。通りがかりの北町の同輩を呼んで引き渡した。そこへ澄乃が姿を見せてな」

と突然の訪いの曰くを告げた。

「おお、偶然、澄乃には桑平様の屋敷をわっしが訪ねさせたんでございますよ。へえ、紗世の一件について桑平様のお考えを伺おうと思いましてね」

と仙右衛門が応じて、

「八丁堀の役宅を訪ねると小者の方より越前堀で釣りをしていると聞いてそちらに回りました。北町奉行所の同心が骸を舟に載せているのを見て、骸の女がだれか分かりましたので」

「澄乃、だれだえ」

「揚屋町の半籬住吉楼の遣手、鶴女さんです」

と澄乃が確言した。

四郎兵衛も番方もしばし言葉を失った。

「澄乃、おめえ、北町の面々にそのことを告げたか」

　と番方が案じた。

「いえ、北町の御用船が大番屋に向かい、見物人の姿が消えて、桑平様が釣りに戻られたあと、知り合いの体で釣りをしている桑平様に近づきました」

「話したか」

　と番方が澄乃を質した。

「はい」

　と応じた澄乃が桑平の顔を見た。

「子ども相手の釣りの真似ごとで女の骸を釣り上げるとはな。その上、吉原で起こる奇妙な騒ぎのことを澄乃から聞いて、それがし、こりゃ、例の佐渡の山師荒海屋金左衛門一味が、新たな企てを吉原に仕掛けておると感じたのでござる。ゆえに子どもを屋敷に戻したのち、こちらに早々に参った」

　と桑平が七代目と番方に言った。

「なんの手掛かりもねえと思っていたら、越前堀で桑平様が骸を釣り上げられた。こりゃ、吉でしょうな」

「わしの一家にとっては凶じゃな。ふたりの子は当分めしが食えまい」

と女房を亡くしたばかりで子煩悩の桑平が応じた。

「桑平様、澄乃が遣手の鶴女と目星をつけた女衆は、水死ですかな」

「いや、水死ではない。殺しだな、七代目」

桑平の言葉は明快だった。桑平ならば、北町奉行所の面々が駆けつける前に骸を丁寧に調べたはずだと四郎兵衛は思ったが、

「老練な定町廻り同心に重ねて訊くのは失礼極まりございませんが、たしかでございましょうな」

と尋ねた。

桑平の返答にしばしの間があった。その表情には職業上の関心と好奇心が漂っていた。

「七代目、三味線の弦で首を絞められて絶命しておった。弦は首にそのまま残されておった」

「なんと、三味線の弦ですか。殺しの得物としては珍しゅうございますな」

「八丁堀に生まれて幼いころより殺しやら死因やらを見聞きしながら育ったそれがしだが、三味線の弦が得物とは初めてじゃな」

桑平の言葉に頷いた四郎兵衛が、

「越前堀で骸を釣り上げたのですな」

「いかにも」

「いつ殺されたと桑平様は推量なされましたな」

越前堀の河口は江戸の内海、目の前は石川島、佃島だ。

「まず一日前かのう。どこで殺され、越前堀に投げ込まれたのか分からぬが、引き潮の刻限だ。それがしの針に掛からねば内海に引き潮でもっていかれたであろうな」

「やはりこいつは吉でございますよ」

仙右衛門ががくがくと顎を振った。

「桑平様、澄乃からお聞きになったでしょうが、老練な遣手や女衆が姿を消しておりますので」

「花川戸町の『妾長屋』が芳野楼の遣手だった紗世の持ち物だと、それも何年も前からと澄乃から聞いて驚いた。あの貸家、大した稼ぎだぜ。それをいくら腕のいい遣手とはいえ、妓楼勤めの給金だけで買えるものであろうか」

「桑平様、買えませんな」

と即答した四郎兵衛が、

「もし妓楼の俵屋の買い取りや町名主の池田屋哲太郎さんの殺しと関わりがあるというのならば、官許の吉原は何年も前から狙われていたことになる。それも一の手二の手、さらには三の手と企てられております。そのことに気づかなかった私は、もはや吉原会所の七代目頭取を名乗る資格はございません」

廓の者でもない桑平市松や側近の番方仙右衛門、新入りの澄乃の前で四郎兵衛が見せた、初めての弱気な発言と表情だった。

「七代目、なんと申されようとこの騒ぎはわっしらの手で目処をつけるしかございません。それまでは七代目が隠居なんてできるわけもございませんぞ」

と番方が強い口調で四郎兵衛を鼓舞した。

四郎兵衛はしばし瞑目していたが静かに頷いた。


澄乃は桑平市松を大門口で見送ったあと、角町の大見世松亀楼を訪ねた。松亀楼は馴染の客を持ち、手堅い商いで知られていた。この松亀楼だけ、なぜ遣手ではなく女衆頭に紗世が狙いをつけたか、それなりに推察していることがあった。

遣手の菊は、女衆頭より年下で、楼の内情をおひろほど承知していないと見られていた。ゆえに遣手の菊ではなく、女衆頭のおひろを選んだのではないかと澄乃は考えていた。

夜見世はすでに始まり、松亀楼はそれなりの賑わいを見せていた。

張見世には遊女が四人しかいなかった。それを確かめた澄乃は、そっと入り口の暖簾を潜った。すると番頭の昇助(しょうすけ)がいて、客と勘違いしたか、

「いらっしゃい」

と澄乃を迎えた。そして、女であることを見て、

「なんだい、吉原会所の女裏同心か」

「申し訳ありませんね、お客様じゃなくて」

「なにか用かえ」

「遣手のお菊さんとちょっと話がしたいのですがね」

「二階の遣手部屋にいるよ」

と二階に上がれと手で指した。

女衆頭が不在のせいか気楽な判断と思えた。

夜見世の最中に客でもない男を二階座敷に上げることはない。吉原会所で女は澄乃だけだ。澄乃は短い吉原暮らしの中で、女であることの利点と欠点を弁(わきま)えていた。

「ちょいと上がらせてもらいます」

大階段を上がると遣手部屋に菊がいた。これまで挨拶を交わしたことはあっても話をしたことはない。

「お菊さん、ちょいとお邪魔してようございますか。お仕事に差し支えがあれば明日に出直して参ります」

と願った。

しばし澄乃を見ていた菊が、

「嶋村澄乃さんという名でしたね」

「恐れ入ります。会所の新入り奉公人の名まで覚えていただきまして」

「おまえさんがさ、うちの前で悪たれどもをあっさりと片づけるのを見てね、若いがなかなかの腕前と感心したのさ。番方に問うてさ、おまえさんが侍の娘と分かったの」

「侍と申しても貧乏浪人の娘でして、その父も亡くなり私ひとりになりました。それで思い切ってかような遊里に勤めてみようと考えたのです」

「そうかい、おまえさん、親がいない独り身かね。おまえさんの顔ならば男くさい会所より張見世が映えると思うけどね。そうだ、高尾太夫の花魁道中に加わってお供を務めた折り、うちではあの女裏同心、会所勤めにしておくのは勿体ないよ、と話に出たっけ」

「お菊さんが申されたように御用ゆえあの形を致しました。私には遊女を志す勇気はございません」

澄乃の言葉に、うっふっふふ、と笑った菊が、

「おまえさんがうちの遣手部屋に上がってきた用を当ててみようか」

と言った。

澄乃は黙って菊の顔を見て、分かりましたか、という風に頷いた。

「女衆頭のおひろが急に辞めた曰くを聞きに来なさった」

「はい、仰る通りです」

と応じた澄乃が、

「その前にお尋ねしてようございますか」

「なんですね。答えられるものならば答えますよ、女裏同心さん」

「おひろさんは松亀楼きっての古手の女衆頭にございましたね。楼のことならばすべてを承知して仕切っておられたと聞きました。遣手のお菊さん、やり難くはございませんでしたか」

「そう、私はおひろより十四、五も年下だからね、最初はまともに口も利いてくれなかったよ」

「それでどうなされたので」

「女郎を一人ひとり味方につける気長の策に出たのさ。遊女にとってなんでも承知の女衆頭より歳の近い私のほうが話しやすいというわけさ」

「お菊さんは賢いお方ですね。いえ、生意気を申しましたが正直な気持ちです」

「悪い気はしないよ、歳の若い女裏同心に褒められてさ」

と応じた菊が、

「おひろのなにが知りたいのさ」

「京二の芳野楼の遣手だったお紗世さんとおひろさんは付き合いがございましたか。そのことを承知ではございませんか」

「芳野楼の遣手のお紗世さんも突然楼を辞めたんだよね。それに先立ってうちの女衆頭が辞めたこととなんぞ関わりがあるというのかい」

「はい。ただし今のところなぜそう考えたか、申し上げるわけには参りません」

「吉原会所では遣手や女衆頭が辞めたことになんぞ疑念を抱いているわけだね」

菊は反対に澄乃に問うていた。澄乃は菊がなにかを承知していると察し、

「この半年ばかりの間にいくつかの妓楼の遣手が不意に辞めております。その方々は芳野楼のお紗世さんと付き合いがございました」

「澄乃さんさ、遣手はみな長年妓楼に奉公している連中だよ。廓内で付き合いがあったからっておかしかないと思うがね」

と菊がさらに疑念を口にした。

「いかにもさようです。ですが、この方たちは廓の外でお紗世さんと長年にわたり会っていたと思われます」

「で、うちのおひろもお紗世さんと廓の外で付き合いがあったというのかえ」

「お紗世さんが会っていた中で、おひろさんだけが遣手の身分ではございませんでした。お紗世さんがひそかに廓の外で付き合いたいとしたら、遣手のお菊さんだったはず、お菊さんは芳野楼のお紗世さんから声はかけられませんでしたか」

「残念ながら、と言っていいのかね。私には声がかかったことはなかったね」

と澄乃の問いを否定した菊が、

「これから話すことを会所でも内緒にしてくれるかい」

と願い、その返答も聞かずに、

「澄乃さん、どうしても七代目に報告するというのならば仕方ないが、七代目以外に伝わるのなら話せないよ。このことをうちの女郎たちはだれひとり知らないはずだよ。知っているとしたらおひろだけだよ。といって会所が探索している一件と私のことは関わりないだろうけど」

とさらに言い切った。

「そうですか、おひろさんはそのことを承知していたのですね」

「だと思うね。本来ならばうちで遣手をやるのは歳の若い私より自分と思っていたからね」

「分かりました。決して七代目以外には口外は致しません」

と澄乃が言い切った。潔い返答に頷いた菊が、

「私のお父つぁんはこの楼の主の悦太郎なのさ。つまり廓の外で産ませた私をおっ母さんが亡くなったとき、楼に奉公人として引き取って育てたのさ。おひろはこのことを承知していたろうね」

「妓楼の女将さんはもちろん承知ですよね」

菊は頷き、

「うちの女将はいいおっ母さんだよ」

「お紗世さんがお菊さんに声をかけなかったわけが分かりました。楼主の悦太郎

さんに伝わるのを恐れたんでしょうね」

「芳野楼の遣手だったお紗世さんは一体全体なにをしたというんだえ」

と話柄を転じた。

「自分の奉公する楼ばかりではなく、他の楼の内情をも知りたかったんじゃないでしょうか」

「お紗世さんは、他楼の内情なんて承知してなにをしたかったんだい。いくら腕がいい遣手でも一介の奉公人、妓楼の主でも引手茶屋の女将でもないよ」

と菊が澄乃に質した。澄乃はしばし考えて、

「ただ今吉原には妙なことが起こっております。お菊さんはご存じありませんか」

「たとえば老舗の大籬俵屋がいきなり潰れたって話かね」

菊の即答に澄乃は頷き、菊は利発な遣手だと改めて感心した。

「うちのおひろはそんな大騒ぎに関わるタマじゃないと思うけどね」

こんどは澄乃が話を進めた。

「芳野楼のお紗世さんは花川戸町に長屋風の小粋な貸家を何年も前から持っておりました」

と澄乃はざっと経緯を告げた。

うむ、という顔をした菊がしばし沈思し、

「驚いたね。いくら凄腕(すごうで)の遣手でも給金だけで小粋な貸家の持ち主にはなれないよ」

「なれませんね。お紗世さんはかなり前から俵屋をはじめ、吉原の廓や引手茶屋の内情を調べていた、おそらく背後に、それを知りたがっただれかがいたということです」

「そやつら、なにをしようというんですね」

澄乃は首を横に振った。

「まず五丁町の事情に詳しい遣手たちから内々に各楼の内情を聞き知って、背後にいる人物に教えていた、と思えます」

「たしかにうちのおひろも噂話が好きだったからね、他楼や引手茶屋の内情には詳しかったよ」

と言った菊が、あっ、と驚きの声を漏らし、

「思い出したことがある。おひろは、九郎助稲荷によくお参りに行っていたんだけどさ、二年も前かね、おひろが芳野楼のお紗世さんと一緒にいたのが、こちら

を察してすれ違った体をとったような、そんな光景をちらりと見かけたことがあったっけ。いま考えるとおひろはお紗世さんと付き合いがあったかもしれないね」

「おそらく」

「おひろはいまどこに居るんだい」

「それは分かりません。ただ」

と言いかけた澄乃は言葉の続きを言おうかどうか迷った。

「お互い、胸に秘めなければならない話をし合ったんだ。私を信用するならばお聞かせよ」

菊の念押しに頷かざるを得なくなった澄乃の、

「おひろさんがどこでどうしているのか会所でも摑んでいません。ですが、お紗世さんと付き合っていた揚屋町の住吉楼の遣手、鶴女さんが殺されました。ただ今はそれしか申せません」

との言葉に菊の顔が引き攣った。

# 四

澄乃は会所に戻ると、菊から聞いた話を口止めをした上で四郎兵衛に大雑把(おおざっぱ)に告げた。菊との約束を守ってのことだ。すると四郎兵衛は、

「ほう、松亀楼の遣手は楼主悦太郎さんの娘でしたか。どうしておひろを遣手にせずに女衆頭に、と思っておりましたが、実の娘を遣手にしましたか」

とこちらに興味を示した。

「七代目、お菊さんは利口なお方です。楼主悦太郎さんもそれを見抜いておひろさんではなく実の娘を遣手にしたのではございませんか」

「私の耳にも入っていなかったことです。悦太郎さんも娘のお菊さんも、継母(まはは)のお千代(ちよ)さんもなかなかですな。松亀楼を見直さねばなりませんな」

「私もときにお菊さんと会ってお喋りをしようかと思います。初回からすべてを告げてくれたとは思えませんから」

「おお、女同士お喋りの機会を作りなされ」

と四郎兵衛が言い、

「七代目、私、汀女先生を迎えに料理茶屋の山口巴屋に伺います」

「なにもなければ汀女先生と一緒に柘榴の家に戻りなされ」

と許しを与えた。

澄乃は黙って頷いた。


浅草並木町の山口巴屋には、澄乃を待つ人がいた。

身代わりの左吉だ。このところ左吉の顔を見ていなかったが、疲れた顔から察して本業の身代わりを務めていたと思えた。

ふたりは客などと顔を合わせることのない住み込みの奉公人部屋で会った。汀女の気遣いだ。

「小伝馬町におられましたか」

ふたりになったとき、澄乃が訊いた。

「大した日にちじゃなかったがね、夏場の牢屋敷は堪えるのさ。とある糸屋の旦那がわっしの馴染の客なんだが、この旦那の弱みは博奕でね、こたびも賭場で捕まった。そんなわけで身代わりがわっしのところに回ってきたのさ。なあに、大した咎があったのじゃない。糸屋織右衛門の旦那として牢屋敷の大牢にしゃがん

芸を見るふりを続けた。

「左吉さんよ、話を買ってくれねえか」

と相手は執拗に囁いた。

「私は岩倉町の糸屋織右衛門ですよ、だれぞとお間違いじゃございませんか」

と左吉が牢の習わしに従えと相手の顔を見ることもなく小声で忠告した。

しばらく黙っていた相手が、

「おりゃ、話屋の与三郎だ。おめえさんにとって悪い話じゃねえはずだ。買ってくれねえか」

「話屋ね、糸屋が売り買いする品とは違ってるな」

と突っ放すように囁いた。

「まあ、いい、聞きねえな。おりゃ、おめえさんが吉原会所と繋がっていることを承知の者よ。この話を会所に持っていけば金子になる。だからさ、おれが牢屋敷を出た折りに取りに行くから、吉原会所の頭にさ、話代を預けておいてくれねえか」

若い咎人は話を買えと迫った。

左吉は黙って目を瞑り、仲間たちの芸を聞くふりをした。

「糸屋の旦那、いやさ、左吉さんよ。いま吉原会所に難題が降りかかっていやがるな。分かっているんだよ。おれも昨日今日の話屋じゃないや。十分に話を改めて調べた『品』だ。それなりの値をつけてもらおうじゃないか」

左吉は目を瞑ったまま、なにも答えない。相手は必ず喋り続けると思っていたからだ。

「この数年、吉原会所が頼りにしていた裏同心がなんのへまをやらかしたか、謹慎を食らっている。その間によ、佐渡の山師ら一味があれこれと仕掛けているはずだ。おめえさんにこやつの仕掛けを話す要はないな、とっくに承知だろうからよ。終わったことは金にはならねえ」

と囁き声で言いながら仲間の芸がひとつ終わったのを見て、牢名主の反応を眺めて機嫌が悪くないと見たか、手を叩いた。

「おめえさん、御免色里の吉原から長年奉公した女衆が職を辞して大門の外に次々に出ているのを承知かえ」

と問うたが左吉の瞑った目は開かれなかった。

「知らない様子だな。相手はよ、何年も前から吉原乗っ取りを謀(はか)ってよ、着々と手を打ってきた連中さ。とある妓楼の遣手なんぞは、廓の外に小粋な長屋を持ってやがる。それでな、同業の遣手に会ってよ、吉原の妓楼や引手茶屋の内情を聞き込んでよ、ご注進とどなた様かに知らせてやがる。佐渡の山師にじゃねえぜ」

と喋った相手がしばし左吉の様子をみるように、ちらりと横目で見た。目を瞑ったままの左吉が話を聞いていると察したか、

「身代わりの左吉さんよ、長屋を持っているという遣手は直ぐに調べがつこうじゃないか。だがな、この遣手の背後にいる御仁についちゃ、ここでは話せねえ。吉原会所の頭取の四郎兵衛さんに直に話そうじゃねえか。これまでの話でよ、おれの話が真かどうか分かったはずだ。おれがさ、大門を潜ったとき、それなりの待遇をしてくれるよう、七代目に言っておいてくれないか」

と相手の話は終わった。

「どなたか存じませぬが、私は糸屋織右衛門でございます。なにか勘違いされておられますよ」

と左吉がぼそりと言った。

相手はしばし間を置いたが、

「分かった。岩倉町の糸屋を訪ねようじゃないか」

「そうしてくだされ」

と言った左吉はふたたびだまり込んだ。

「……澄乃さんや、そやつから話を聞いた翌日にわっしは牢屋敷を出された。その前にさ、牢名主の前でよ、羽目板で背中を殴られた。牢名主が話屋との問答を承知という証しの羽目板さ。おりゃ、最後まで残していた二両を襟から抜いて牢名主にそっと渡して、問答があったことを忘れてほしいと無言で願って牢屋敷を出てな、あれこれとひと晩考えた上でこちらにお邪魔したってわけだ。どうやらわっしが大門を潜るのも柘榴の家を訪ねるのも、厄介を引き起こしそうだと思ったからね。なんとなくだが吉原会所も見張られている感じがしてね、用心をしたのさ」

と左吉の話は終わったかに見えたが、

「澄乃さんや、この話をどう思う」

と問うた。

「たしかに話屋さんが言われたような難儀が吉原に降りかかっております。左吉さんも承知の荒海屋金左衛門はここのところ動きを見せておりません。ですが、この遣手や女衆頭など数人がなぜか長年勤めた妓楼を次々に辞めておりまして、この連中、花川戸町の『妾長屋』の持ち主、数日前まで芳野楼の遣手だったお紗世さんと前々から廓の外で会っていたのが分かっています」

「そうか、『話屋』の言ったことはまんざら嘘ではなかったか」

と左吉が考え込んだ。

「左吉さん、お紗世さんに唆されたと思える遣手のひとりが三味線の弦で縊（くび）り殺されて越前堀に投げ込まれておりました」

と前置きした澄乃がその経緯を告げた。

「なんてこった」

と左吉が呻（うめ）いた。

「話を聞くだけ聞いたゆえ、もう使い道がないと考えたのでしょうか」

澄乃の問いに左吉は直ぐには答えず、

「わっしが最前話した牢屋敷の話屋、与三郎はな、わっしが大牢を出たその夜に首を縊り殺されて始末された。あの大牢にあやつか、わっしかを見張っている者が入っていたということだ。遣手だった女が殺されたのは用事が済んだからじゃないな、吉原会所に警告を発しているのよ」

「警告ですか」

「ああ、そう思わねえか。与三郎が縊り殺されたのも三味線の弦よ」

えっ、と澄乃は驚愕の声を漏らして言葉を失った。

「大牢の中に刃物なんぞは持ち込めねえ。だがよ、三味線の弦なら髷の中に隠したり、尻の穴に入れたり、いくらでも隠し場所はあらあ」

左吉の話が吉原から消えた遣手らと結びついた。

しばらくふたりは黙り込んでいたが、

「与三郎が真に吉原を乗っ取ろうとする親玉を承知していたかどうか、口を封じられた今となってはもはや分からないや」

と言う左吉の顔に不安があった。

「左吉さんの住まいをあの者たちは承知でしょうか」

「わっしの住まいを承知なのは神守幹次郎様だけだ。その神守様は江戸にいねえ、となるとわっしの塒を承知している者がいるとは思えないがね。澄乃さんや、四郎兵衛さんにこの話を伝える折りに、わっしのことは心配ない、わっしに連絡を取りたきゃ、馬喰町の虎次親方の煮売り酒場にしてくれと言っといてくれ」

と最後に言った左吉が立ち上がった。

そのとき、澄乃が左吉に問うた。

「左吉さん、以前のことです。左吉さんはなにか悩んでおられました。あの一件も吉原会所と関わりのあることでしたか」

左吉が無言で澄乃を見た。しばし間を置いて、

「澄乃さんや、おれも木の股(また)から生まれてきたわけじゃねえ。ありゃ、吉原会所とは関わりねえ。内々の話でな」

「御免(ごめん)なさい、余計なことを口出ししました」

と詫びると、ふたたび沈黙していた左吉が、

「おれには歳が離れた異父妹(いもうと)がいてな、ろくでもねえ男に食い物にされていたのさ。とはいえ、野郎と妹が好き合って付き合っているならばと、黙って見ていたのよ。それがさ、深川のひでえ遊里に妹を叩き売られるとは考えもしなかった。妹は売られた数日後に首を縊(くく)って死んだのさ」

澄乃は予想もかけない話に茫然とした。

「おれは悩んだ末に野郎を殺して江戸の内海に放り込んで始末をつけた。これでおれにはおまえさんといっしょ、身内はいなくなったのよ」

と淡々とした口調で身の上話を終えた。

(なんてことが)

澄乃は口を利けなかった。気づくと左吉の姿は消えていた。

すでに男衆の足田甚吉(あしだじんきち)は長屋へと戻っていた。いつもの刻限より遅くまで残り、汀女は、澄乃と左吉の話が終わるのを待ち受けていた。

「長い話だったわね」

と店を出た汀女が澄乃に言った。

「はい、新たな厄介が吉原に降りかかっているようです。私どもが考えているよりも深刻かもしれません。かような折り、神守様ならどうなさるのか、左吉さんがいなくなって独りで考えていましたが、思いつきません」

と澄乃は正直に悩みを告げた。

「今の澄乃さん方を悩ます出来事について、幹どのとて直ぐには答えなど浮かびますまい。思いつかない中にもなにかひとつが思い浮かべば、目処(めど)が立つと思うのですがね」

と汀女が言った。

「汀女先生、神守様はどちらにいらっしゃるのですか。いつ江戸に戻っておいでですか。やはり私には知らないと申されますか」

と話柄を転じた澄乃の声音には必死の気持ちがにじみ出ていた。

浅草寺の雷門（かみなりもん）を潜り、本堂へ向かう道々、汀女はなにか思案する体で無言を通した。

本堂でいつものようにふたりは手を合わせて、それぞれの胸のうちにある悩みの解消を願った。

随身門（ずいじんもん）を出て、浅草寺寺中の末寺が連なる寺町（てらまち）に入ったとき、汀女が不意に言った。

「幹どのと麻は、京におります」

「えっ、京とは山城国（やましろのくに）の京の都にございますか」

「いかにもさようです、澄乃さん。事情があってのことゆえそれ以上はそなたに伝えられません」

「汀女先生、いつお戻りですか。それとももはや江戸には、吉原にはお戻りはございませぬか」

澄乃は神守幹次郎と汀女夫婦の立ち入った内情に触れていた。だが、

「必ず戻ってきます。柘榴の家の私どものところへ」

と汀女はいつ戻るかという澄乃の問いには触れずにあっさりと答え、

「いつでしょう」

澄乃は重ねて尋ねた。

「神守幹次郎に科せられた謹慎蟄居は一年にございましたね。その一年が果てるまでは帰りますまい」

「となりますと、あと半年もあります」

「はい。吉原にこれまで降りかかった難儀以上の難儀が見舞っております。ですが、この難儀は七代目頭取の四郎兵衛様以下の陣容で解決する他には、吉原が生き残る道はないと私には思えます。まだ若い嶋村澄乃さんがこれだけの苦悩に見舞われるのを見ているのは私とて辛うございます」

と汀女が己の苦悩を告げた。

「いえ、私は己の無力が情けないのです」

汀女は、澄乃が身代わりの左吉からどのような話を聞いたか、予測すらできなかった。だが、なにごとも行きづまったと思った瞬間に、新たな方策が現われることを十年にわたる妻仇討を逃れる旅で汀女は経験していた。

「澄乃さん、かようなことを言い添えるのは四郎兵衛様との約定にさらに反することになりますが、京にいる幹どのにも難儀が降りかかっております。知らぬ土地にて身動きがつかぬ難儀を解決しなければ、幹どのと麻は、柘榴の家に戻ってこられませぬ」

なんと京にいる幹次郎と麻にも難儀が見舞っているという。

澄乃は一瞬でも神守幹次郎の手を借りたいと思ったことを後悔した。そして、神守夫婦の内心まで無遠慮に質したことを反省した。

汀女は汀女で、

「澄乃さん、今宵の汀女はお喋りが過ぎました。どうかそなたの胸に仕舞っておいてくだされ」

四郎兵衛との約定を破ったことを悩みつつも、今は身内のような嶋村澄乃を信頼すべきと思い直した。

「承知しました」

と澄乃が言ったとき、柘榴の家の門前にふたりは帰りついていた。するとすでに長屋に戻ったはずの足田甚吉の声がして、猫の黒介(くろすけ)と仔犬の地蔵が門前に出てきた。

「甚吉さん、なんぞございましたか」

と汀女が質した。

「姉様、左吉さんと澄乃さんのよ、話は長引くと思ってな。先に帰らしてもらったが、ふと思いついてな、姉様と澄乃さんが柘榴の家に戻るまでいようと門を叩いたのだ。やはり話が長くなったな」

と甚吉が汀女に言った。

神守幹次郎と汀女、それに足田甚吉は豊後岡藩の下士長屋でともに育った間柄だ。

「おあきさんと猫と犬じゃな、なんとも不安であろうと余計なお節介をしたわけよ」

「甚吉どの、助かりました。私どもは戻りましたゆえ、遅くはなりましたが長屋にお帰りなされ」

と応じた汀女に澄乃が、

「甚吉さん、今しばらくこの家にてお待ち願えませぬか」

咄嗟に願った。

「なに、幹やんがどこぞの寺から戻ってくるというのか」

「いえ、謹慎はさように容易いものではありますまい。私、これから急ぎ吉原に戻り、四郎兵衛様に報告しとうございます。その間、柘榴の家でお待ち願えませぬか」

「なに、姉様の家で待てというか、うちに帰っても酒は出ぬが、柘榴の家ならば酒くらい出よう。半刻（一時間）や一刻くらい酒を呑んでおればすぐに経つ」

「そのことは汀女先生のお許しを得てください。私は吉原に駆け戻ります」

と汀女を見た。

「澄乃さん、気をつけなされ。ともあれ体を動かすのは悪いことではありません。最前の悩みの答えが頭に浮かぶかもしれませんよ」

との汀女の言葉に送られた澄乃は柘榴の家の裏口から浅草田圃に出て五十間道へと小走りに急いだ。寺町を通るより浅草田圃のほうが断然近かった。

夏の宵だ。

吉原には万燈が点って未だ夜見世の最中であることを告げていた。

# 第三章　疫病神の伝吉

## 一

四郎兵衛は番方の仙右衛門を呼んで澄乃の話を聞いた。むろん身代わりの左吉が牢屋敷の大牢で「話屋」の与三郎から囁かれた話と、さらに与三郎が牢内で始末された一件についてだ。

ふたりは澄乃の話を聞き終えても、ひと言も言葉を発しなかった。長い沈黙には重い苦悩と不安があった。

「なんてこった。『話屋』の与三郎も三味線の弦で縊り殺されましたか。七代目、いよいよ吉原に危険が迫ってきましたな」

仙右衛門が言葉を絞り出した。

「相手はこちらのことをすべて承知のようだ。だが、私どもは相手のことを未だほとんど知りません、これでは戦になりませんな。与三郎が一連の遣手失踪話をどこまで知っていたのか、あるいは芳野楼の遣手だった紗世の正体をどの程度承知だったか、ともかく背後にいる、荒海屋金左衛門と組んでいるであろう人物の名を与三郎の口から聞きとうございましたな」

と四郎兵衛の表情も苦悩に満ちていた。

「世間に『話屋』なる闇仕事があると聞いてはおりましたが、やはりあるんですな。左吉さんとて妙な身代わり業だが、与三郎は身代わりの左吉さんの正体を承知で、己から進んで牢屋敷に入ったんでしょう。牢屋敷ならば、左吉さんに会えると思ったのでしょうが、まさかその大牢に三味線の弦を隠し持った殺し屋がいたなんて、驚きなんてもんじゃない。これまでに相手をした悪党とはまるで違います」

仙右衛門が澄乃の口から伝えられた話を整理するかのように己に言い聞かせた。

「番方、悪党は結局悪党に過ぎません。私どもが不要におびえることもありますまい。ともかく相手方を探り出したい、それだけです」

と応じた四郎兵衛が、

「明朝、芳野楼の早右衛門さんにいま一度会ってみます。過日はいきなりの話で思い出せないこともあったかもしれません。紗世が何年も前から吉原に仕掛けてきていたのなら、妓楼の主であれば異常に気づかないはずはない。生き馬の目を抜く官許の吉原で長年商いを続けてきた芳野楼の早右衛門さんです、必ず紗世の動きに妙だと思うことがあったはず、些細なことでもなにか気づいていたはずです。己の楼の遣手が花川戸町に小粋な『妾長屋』を持っていることをまるで知らずに過ごしてきたはずはない」

と四郎兵衛は己に言い聞かせるようにふたりに告げた。

「四郎兵衛様、『話屋』の与三郎を縊り殺した者ですが、この者も、与三郎に狙いをつけて牢屋敷に自ら入っていましょう。ということは長い歳月牢にいるつもりはない。せいぜい軽い所業で大牢に入って与三郎に接触しようとしたはずです。ただし身代わりの左吉さんが牢にいることまで計算ずくだったかどうか。明朝にも桑平市松同心にお会いして牢内あるいは町方で怪しい動きがなかったかを訊いてみたいと思います。桑平様ならば牢屋敷の同心の一人やふたり承知ではございますまいか。殺した奴の正体が分かるかも」

と澄乃が提案した。

「桑平様なら肚を割って話せる牢屋同心を必ず承知だぜ。わっしは七代目と澄乃のいない会所に腰を据えていてようございますね」

と仙右衛門が四郎兵衛に願った。

「澄乃、桑平様には文を書く、それを持参しなされ。とはいえ詳しく書くわけにはいかぬ。そなたが口頭にて説明することになろう」

明日の予定が決まった。


翌朝いちばんで行動したのは澄乃だった。

非番月ゆえ、八丁堀の役宅を、桑平市松がいると思える五つ（午前八時）過ぎに訪れた。すると男の子の声が役宅から響いてきた。昨日、越前堀で会った桑平市松の嫡男の勢助と次男の延次郎だろう。あの場では話ができるような状況ではなかった。

桑平市松の女房雪は、昨年末、病で身罷った。ゆえに勢助と延次郎のふたりの子どもを桑平は、雪の母親の従妹の手伝いで育てていると聞いていた。

「御免くだされ」

と声をかけると敷地の中から小者が顔を出した。

「おまえ様はたしか」

と言いかけた小者を制して、

「澄乃と申します。桑平様は在宅なされておりましょうか」

と尋ねた。

吉原会所の奉公人が曰くもなく南町奉行所定町廻り同心の役宅に出入りするのは憚られた。

町奉行所同心の役宅の敷地は約百坪、俸禄はおよそ三十俵二人扶持であり、大半の同心が敷地の一部を医者などに貸して暮らしの足しにしていた。それを奉行所では大目に見ていた。

ただし町方の中でも定町廻り、隠密廻り、臨時廻りの三役には与力職がなく、町奉行に直属した。それだけに三廻りになるのが同心の夢であった。というのも三廻りは出入りの店などから盆暮れになにがしかの届け物（金子）が贈られた。ために三廻り以外の同心らが役宅の一部を貸して暮らすのに対し、桑平市松や村崎季光は、百坪余の敷地をそのまま使えて、暮らしも潤沢だった。だが、桑平自身は代々の付き合いのお店や大名家からの届け物を受け取るだけで、己から決して催促などしない清廉な同心として知られていた。

「おお、澄乃か、どうしたな」

と普段着の桑平市松が玄関に姿を見せて尋ねた。

「四郎兵衛からの書付(かきつけ)にございます」

薄い書状を渡すとその場で披いた桑平が直ぐに目を通し、

「身罷った雪の親類の者か、うちに奉公したいのか、同心の給金は安いぞ。それでも奉公したいなら、上がれ」

と言いながら奥に招(しょう)じた。

わざわざ身罷った女房の親類だと口にしたのは、桑平と吉原会所が親しげに付き合っていることを八丁堀で知られたくなかったからだ。

澄乃は初めて町奉行所同心の居宅に通された。庭には先祖が植えた松などの植木があり、爽(さわ)やかな感じがした。

「父上、どなたですか」

若い娘の訪いに桑平雪との間に生まれたふたりの男の子が姿を見せた。

「嶋村澄乃だ。父の知り合いじゃ」

と言った桑平が、

「澄乃、そなた、それがしの女房が夭折(ようせつ)したのは承知じゃな」

「はい、昨年末ごろに身罷られたとお聞きしました」

頷いた桑平が、

「嫡男の勢助七歳、次男の延次郎五歳じゃ」

と澄乃に紹介すると、

「桑平勢助です」

「のぶじろうです」

とふたりの兄弟が甲高い声で名乗った。

「父上の知り合い、嶋村澄乃にございます。昨日、越前堀でお会いしましたね」

と澄乃も頭を下げた。

「すみのさんですか、父上の御用が終わったら遊びませんか」

と勢助が言い、

「あそぼあそぼ」

と延次郎も言った。

やはり母がいないのは寂しいのであろう、兄弟して母の肌の温もりに飢えていると澄乃は思った。

「本日は御用です、いつか浅草寺界隈でお会いしましょう。その折りに澄乃がお相手を務めます」

「約束ですよ」

「おお、やくそくだぞ」

と言う兄弟と指切りげんまんをして澄乃は約束した。

「父は澄乃と奉行所の仕事の話をなす、そなたら、習字の稽古をしておれ」

と桑平はふたりを隣の座敷に向かわせた。

隣座敷には桑平が習字を教えていたらしく、油紙(あぶらがみ)の上に硯(すずり)や筆や半紙があった。

「本日は雪の母親の従妹が実家に戻り、留守にしておるでな、兄も弟も娘が訪ねてくるのは嬉(うれ)しいのだ。子どもの約束を気にするでないぞ」

「いえ、桑平様、子どもとの約束だからこそ大事に守らねばなりません。むろん吉原などにお誘いすることは決してございません」

「吉原にはいささか早かろう」

と笑った桑平の表情が変わり、

「話を聞こう」

と澄乃に相対した。

身代わりの左吉が牢屋敷で見聞した模様を聞き終えた桑平が、

「それがしが釣り上げた女の骸と死の因がいっしょの死人が大牢でも出たか。三味線の弦などで首を縊り殺す所業が流行っているとも思えぬ。手を下した男はいっしょじゃな」

と言った桑平が立ち上がり、

「着替えを致す、しばらく待て」

と澄乃に言った。

「桑平様、霊岸橋に猪牙舟を待たせてございます。私はひと足先に八丁堀を出てあちらでお待ちします」

「分かった」

との桑平の返事に玄関に出ると勢助と延次郎が筆を握ったまま姿を見せて、

「すみのさん、約束を忘れないで」

「わすれないでよ」

と願った。

「必ず守ります。勢助さん、延次郎さん、裏戸を教えて」

と願うとふたりの兄弟が履物をはいて、こっちこっち、と言いながら居宅の裏に澄乃の手を引いて連れていってくれた。

澄乃がひとり、小伝馬町の牢屋敷の裏を流れる龍閑川に面したざっかけない茶店に待っていると桑平同心が牢屋敷の小者と思しき男を連れて姿を見せた。

むろん桑平が懇意の牢屋同心を通して手配をしたのだが、牢屋同心ではなく牢屋下男とみえた。

牢屋下男は、牢屋同心のもとで雑用をなす。給金は年に一両二分と一人扶持、幕府の奉公人としては最低で、町屋の女中奉公の半分ほどだ。だが、囚人から買い物を願われたり、囚人の身内から付け届けがあったりして、その金子の一部を懐に撥ねるのを大目に見られているので、暮らしは意外と悪くない。股引と法被姿で、背に牢奉行石出帯刀の一文字「出」の字が白く染め抜かれていた。

囚人との付き合いは牢屋同心より下男のほうが多い。ゆえに桑平は知り合いの牢屋同心を通して下男を澄乃の待つ茶店に連れてきたのだろう。

三人が狭い庭の縁台に向かい合って座ったところで、澄乃が茶と甘味を注文した。茶店の小女が茶菓を運んできた。三人にふたたびなったところで、

「参三、数日前、牢内で縊り殺されていた男がいたな」

と桑平がいきなり要件に入った。

「へえ、話屋の与三郎のことですかえ。表向きは心ノ臓が止まって病死したとのことになっていますがね」

と参三と呼ばれた下男がこちらもすぐに答えた。

「表向きはな、だが、与三郎のことではない。話屋を縊り殺した者のことが知りたいのだ」

牢屋下男の参三はしばし黙り込んだあと、

「そいつは厄介ですぜ」

と困惑の顔をした。

「厄介は承知だ、小伝馬町に面倒はかけねえ。どうせそやつは大牢から出たのだろうが」

「へえ、話屋の与三郎が心ノ臓の病で急死した日に牢を出ておりやす」

「そやつ、これまで大牢に厄介になったことがあったか」

「いえ、ありませんや、わっしは覚えがない」

と参三は茶碗を手にした。

「名は知れぬか」

「同心小頭が新しい囚人は調べやすので一応、名や住まいは分かっておりやす」

と参三が応じた。

この同心小頭というのが桑平市松と昵懇の牢屋同心だった。

澄乃が袖に手を入れて、紙包みをすいっと参三の前に差し出した。すると下男がなにげない眼差しで紙包みを観察し、掌で押さえて隠し、手元に引いた。慣れた動作だった。

一両包みは四郎兵衛が用意してくれたものだ。ひとつだけではない、五つほど小判の高が違う包みを預かっていた。

一両が包みに入っていることを確かめた参三が、

「野郎は、深川佐賀町の裏手中川町の井戸なし長屋に住んでいることになってまさあ、名は伝吉、異名は疫病神。疫病神の伝吉は、殺しを請け負う闇仕事をしておりましょうな、手際がようございますし、牢名主らの扱いを心得ていまさあ。大番屋からの調べでもそう答えたようで、まず間違いありませんや。ただし、こたびの仕事で長屋を立ち退いたということは考えられましょう」

囚人を扱い慣れた参三は、囚人の言葉が嘘か真か、長年の経験で察することができる牢屋下男だった。

「殺しに使った三味線の弦は見つかったか」

参三が桑平を見た。

三味線の弦のことを奉行所同心の桑平が承知なのは、三味線の弦を使った同じ手口の殺しがすでにあったということを示していたからだ。

「へえ」

「大牢の中に残したはずだ、どこに隠しておったな」

「牢の床は頑丈な板張りですがね、格子と床の間にわずかな隙間がございましてね、弦をこの隙間に隠し入れているのが見つかりました」

「その三味線の弦はどうなったな」

「今更奉行所で調べられても厄介だ」

と参三が言い放った。

すると澄乃が参三の顔を睨みながら、最前の一両包みと同じ紙包みを差し出した。それをすっと受け取った参三が、

「町奉行所に女同心がいるとは知らなかったな」

と言いながら輪にした弦を澄乃の前に滑らせた。

参三を先に帰した桑平と澄乃は、待たせていた山谷堀口の船宿牡丹屋の猪牙舟に乗り込んだ。

「八丁堀近くまでお送りします」

「ここまで付き合ったのだ。疫病神の伝吉がいるかいないか、いたら面だけでも見ていこうか。なにかの役に立つかもしれんでな」

と桑平市松が同行すると述べ、

「二両分の話を聞けるかどうか」

と首を捻った。

深川中川町の井戸なし長屋は大川の東側、仙台堀の南側の一角の町屋に、鉤の形の堀に面してあった。

井戸なし長屋に疫病神の伝吉は平然と住んでいた。なんと表の顔は三味線の修理職人で、九尺二間の長屋の板の間で三味線の手入れをしていた。

「邪魔をするぜ」

桑平が腰高障子が開かれたままの戸口に立ち、声をかけた。

伝吉の部屋は井戸なし長屋の端っこだ。隣人に話を聞かれることはない。

桑平市松が何者か直ぐに伝吉は察した。桑平が狭い土間に入り、框に腰を下ろした。するとその背後にいた澄乃が戸口の前に立った。

伝吉が澄乃を見たがなにも言わず、

「旦那、三味線の修理ですかえ」

と桑平に問うた。

「おまえの裏の貌のほうの話だ」

「三味線の修理職人に表も裏もありませんぜ」

桑平はしばし間を置いた。

「数日前まで小伝馬町の大牢に入っていたのは疫病神の伝吉、おまえだな」

「旦那、ご冗談はなしだ。わっしは真っ当な三味線の修繕屋、職人だ。牢屋敷なんてとこにはとんと縁がないな」

「そうかい、となると厄介になるぜ。おれもよ、女連れで井戸なし長屋におまえを訪ねたということは、南町の定町廻り同心として訪ねたわけじゃないのだ。話次第では、こたびのことには目を瞑るって言っているんだ。それとも奉行所で公にして、おまえが牢屋敷の大牢で話屋の与三郎の首を縊り殺したことを調べ直そうか」

桑平の追及を切り抜ける方策はないかと必死で考えている伝吉の表情は引き攣

っていた。

「おれたちがおまえと狙いをつけている殺しがもうひとつある。このおれ自らがよ、越前堀で、倅ふたりといっしょに釣りをしているときにな、女の骸を釣り上げたと思いねえ。そいつも三味線の弦で縊り殺されていたぜ。殺しの道具が三味線の弦とは珍しいやな。疫病神の伝吉、おまえの表の仕事が三味線の修理か、全くもって平仄が合ってやがる。人ふたり殺したとなれば獄門台は間違いない」

「ちょ、ちょっと待ってくんねえ。おりゃ、大したことは知らないからよ」

「つまりは銭をもらって殺しの仕事を頼まれた」

「へえ、ふたりして悪たれというんで引き受けたんだ。銭は手付けの五両しか受け取ってねえ。嫌な感じでな、手を出すんじゃなかったぜ」

と伝吉がぼやいた。

「よし、頼まれ仕事をすべて吐き出せ」

「そ、それは」

「できねえか」

「おりゃ、ただの三味線の修理職人だって」

「ならば南町に連れていっても文句はないいな」

伝吉は桑平の慣れた吟味に追い込まれていた。

「ふたつの殺しを南町が調べ直して、おまえを獄門台に送り込む。こいつはさほど難しいこっちゃねえ、この桑平市松が請け合うぜ。あるいはおれたちに喋くって井戸なし長屋からしばらくどこぞに姿を隠し、殺しを頼んだ一味から逃れるか、どっちを選ぶよ。疫病神にとり憑かれたのは伝吉、おめえだ」

伝吉は修理中のぼろ三味線を膝に置いたまま身を震わした。

「旦那、話すよ。だがよ、話をさせといて大番屋に引っ立てるなんてことはなしだ。男と男、そいつを約定してくれないか」

「二言はねえ」

桑平の返答に疫病神の伝吉が口を開き始めた。

## 二

そんな刻限、吉原会所の頭取四郎兵衛は芳野楼の早右衛門と会っていた。

「早右衛門さん、事がいささか厄介になりましてな。おまえ様の耳に入っているかどうか知らないが、住吉楼の遣手が殺されて骸が越前堀で見つかったんです」

番方の仙右衛門が面番所の隠密廻り同心の村崎季光に伝えたことが廓じゅうに伝わっているのを会所では摑んでいた。当然早右衛門の耳にも入っていると思えた。

「七代目、うちは住吉楼の遣手と付き合いはありませんがね」

と早右衛門は知らないふりをした。

「こちらの遣手だった紗世は遣手の鶴女と付き合いがあったことが会所の調べで分かってましてな」

四郎兵衛の言葉を聞いた早右衛門が嫌な顔をした。

「過日、お互い話し合いをしたあと、吉原の表も裏も知り尽くした遣手や女衆頭が次々に楼を辞めて大門の外に出たことには、こちらの遣手だった紗世が関わっていると分かりました。主のそなたに芳野楼を売りなされとまで言った紗世がこたびの騒ぎの鍵を握るひとりです。これは何年も前からの仕掛けです。早右衛門さんや、真に紗世の所業について過日話されたこと以外に承知じゃないと申されますか」

四郎兵衛が早右衛門の顔を正視した。

しばらく無言だった早右衛門がぼそりと、

「紗世には十年来の馴染の相手がおりました」

と言った。

「紗世は女郎じゃございませんな、遣手です。廓の外にて男と逢引きしていたとしても、致し方ありませんな」

「いかにもさようです」

「我々の調べでは、男とは武家方のようですな」

四郎兵衛の念押しに、へえ、と頷いた早右衛門が、

「うちの売れっ子の登勢に床での技を教え込んだのは紗世です。今では登勢が遊女だったころの紗世のこの客を引き継いでいます。紗世が女郎だった折りの馴染の武家方がおりましてな、登勢の座敷でそのお武家様と登勢と紗世の三人が時を過ごすことも間々あったそうです」

「早右衛門さん、さようなことをおまえ様は許しておいででしたか」

うーむ、と苦しげな顔で唸った妓楼の主が、

「朝比奈様は厄介なお客人でございましてな」

「何者です」

長い沈黙があった。そして、ようやく口を開いた。

「昔はさておき、ただ今では上様の御側御用取次であられる朝比奈義稙様でございましてな。うちでは昔から面体を隠して登楼なさるので、つい最近までさようなご身分とは知らずにきました」

家斉の御側御用取次とは、さすがの四郎兵衛も仰天した。

「御側御用取次は、たしか公方様と老中方との間を取り次ぐ職階にございますな」

つまり老中の意見具申を伝え、将軍が裁許して、

「伺の通りたるべき候」

との書付類を老中に戻す役目だ。だが、ただの使いではない。家斉へ己の考えを「示唆」する力を持つといわれていた。老中の意見具申を左右する、ある意味では閣老より力が強い役職ともいえた。

「そう聞いておりますが、私のような妓楼の主にはどれほど偉いか分かりません。この朝比奈様と紗世は、どこで馬が合うのか長い付き合いでしてな、最近までうちのような半籬に身分を伏せて登楼なさっておられました」

「紗世が辞めたただ今は登勢のもとに遊びに参られますか」

いえ、と首を横に振った。

「早右衛門さん、そなた、そのことをなぜ先日申しませんでした」

「繰り返しの言い訳になりますが、七代目、朝比奈様は紗世の掛で私どもはまともにお目にかかったこともございません。若い登勢も朝比奈様の正体は承知ではなかったと思います」

「朝比奈なる人物が御側御用取次と承知していたのはだれですかな」

「お針のぬいが、朝比奈様と紗世が交わす書状の文使いをしたことが一、二度あるそうでしてね、錦小路の屋敷を知っておりました。お針のぬいは鷹揚というか、抜けておるというか、紗世の言いなりでしたからな」

老中に近いこの役職の人物について四郎兵衛もとくと知らなかった。ぬいと会ってみるかと考えたとき、

「四郎兵衛さん、そなたは『七分積金』なる制度を承知ですかな」

と早右衛門が話柄を変えて問うた。

「なに『七分積金』とな、昨年、寛政三年（一七九一）に出たばかりの布告ですな。江戸の町人、というても分限者の地主らに毎年二万六千両を出資させ、疫病やら、飢餓、大火の折りに『御救』に備える名目で集める金子ですな。ですが、この資金をな、地主などに金利を取って融資すると聞いております。こうした給

付や運用を実際に行うのは、『江戸町会所』でしてな、その中でも公儀から認められた『勘定所御用達』の十人の商人と、町人らの頭分『肝煎名主』の六人が実際に采配を振るっておると聞いております」

「毎年二万六千両ですか、驚きました。私はなにも知りませんでしたわ」

妓楼の主が羨ましそうに呟いた。

「この『七分積金』を勝手気ままに扱えるのが朝比奈義稙様ですと、紗世がぬいに漏らしたことがあるそうです」

「早右衛門さん、ぬいに会わせてくれませんかな」

「ならばこちらに呼びましょう」

「いえ、私がぬいの部屋を訪ねます。そうさせてくれませんか」

と四郎兵衛が有無を言わせぬ口調で願うと、妓楼の主が致し方ないかという顔付きで首肯した。

二階の大階段の脇の遣手部屋は、紗世のあとをぬいが譲り受けていた。ということはお針が遣手も当分兼ねるということか。

ぬいは針仕事をしていた。四郎兵衛の顔を見ても驚く風もなく、

「お紗世さんは辞めましたよ、七代目」

「承知です。いささか訊きたいことがございましてな」

と四郎兵衛が話しかけたがぬいは針仕事の手を止めようともせず、なんでございましょう、といった顔でちらりと四郎兵衛を見た。

「そなた、紗世が大門の外でなにをしていたか承知ですな」

「なんの話です、七代目」

「紗世が花川戸町に長屋風の貸家を持っていたことをいつから知ってましたな」

「さあて、何年か前にお紗世さんが漏らしたことがありました。いつだったかよく覚えていませんよ、七代目」

「おまえさん、遣手の給金がいくらか承知でしょうな」

「私はお針と遣手を兼ねさせられても大した給金じゃありませんよ」

「その遣手だった紗世が何百両もする『妾長屋』の持ち主とはどういうことですな」

しばし針仕事に専念して黙っていたぬいが、

「考えたこともありません。お紗世さんは格別な遣手でしたからね。客からの祝儀がお紗世さんは多かったですよ。私は未だ祝儀なんて一文も頂戴した覚えはありません」

とあっさりと告げた。

「紗世には朝比奈様なる親しい馴染客がいたからですかな」

「そりゃそうでしょう。御側御用取次って、えらいんですってね、七代目」

「らしいな、私もよう知りません」

と言った四郎兵衛が、

「おまえさん、朝比奈様の錦小路の屋敷に紗世の文を届けたそうですな」

四郎兵衛の問いにぬいは糸きり歯で糸を切って頷いた。

「屋敷の門番は吉原からの文と承知しても受け取りましたか」

「いえ、花川戸町からの文と言えって、お紗世さんに教えられた通りに言いました。待てと言われて返書を頂戴して吉原に戻ると、お紗世さんが一分の使い賃をくれました」

「いつのことです」

「さあて何月前かな、春先のころかな」

とぬいは曖昧に答えた。

ぬいは吉原で起こっている俵屋の乗っ取りや五丁町の町名主池田屋哲太郎の死などと紗世の所業が結びつくなど思いもよらないだろう。

「おぬいさん、紗世がこの楼を辞めた曰くを承知かな」

「そりゃ、この楼を買い取りたいと旦那に言ったからじゃないかしら」

「紗世は本気でそんなことを早右衛門さんに言ったんですかな」

「七代目、冗談だったんかね、なら、なんで辞めたんかね。お紗世さんは金ならいくらでも都合がつくと言っていたよ。朝比奈の旦那から金が出てくるのかね」

ぬいは格別に関心がないようにそう言った。

四郎兵衛はしばし沈思したのち問うた。

「紗世は遣手部屋に置いてあった私物をすべて持っていったわけではありますまい」

「着物なんぞは私にくれたよ。でも、また戻ってくるからと言って置いていったものもあるよ。暮らしの道具だけどさ」

「また戻ってくるね、本気ですかな」

「七代目、本気じゃないの。朝比奈の旦那がいるからさ」

とどことなく気の抜けたようなとぼけた返事をした。

「文とか書付を紗世は残していかなかったのか」

「そんなのは知らないね」

「帳面なんかはどうだい」

四郎兵衛は紗世の役目が今ひとつ分からずに尋ねた。

「おまえさんが引き継いだのは暮らしの道具だけかね」

「そうだよ。遣手になってよかったのはこの部屋をもらったことだね」

とぬいが客や遊女の動きを見張る独り部屋を見回した。

四郎兵衛が、これ以上訊いてもぬいの口からはなにも出てこないかと考えたとき、

「ああ、そうだ。お紗世さんも旦那との諍いがああなると思わなかったのか、慌てて荷物を風呂敷に包んだんだけど、大事なものを忘れていってね。文箱が残っていたのをあとで私が見つけたよ。楼の旦那に届けようかどうか迷ったけど、わたしゃ、お紗世さんには世話になったからね、旦那には内緒で花川戸の長屋に届けたよ」

「なに、文箱を『妾長屋』に届けた。もとは他楼の遊女の紅花、ただ今はお花さんでしたかな、その元に届けたのですかな。長屋の場所をよう承知でしたね」

「いつのことかね、長屋を持っているから食うにゃ困らないって私に自慢したときにね、およその場所は聞いていたからね、差配のお花さんに届けましたのさ」

「いつのことですね」

「二日前、いえ、三日前かね」

「とすると文箱は今も『妾長屋』のお花さんの手元にある」

「七代目、お花さんも今のお紗世さんの居場所は知らないと言っていたから、店賃の集金にお紗世さんが来てなければ、あるだろうね」

と言った。

四郎兵衛は大門前に客待ちしていた駕籠に乗り、小頭の長吉がどちらへという顔で見るのに、

「長吉、ただ今は説明する暇が惜しいのだ。戻ってきたらどこへ行ったか説明すると番方に伝えてくれ」

と言うと駕籠は五十間道を急ぎ進んでいった。

長吉はいつもの落ち着いた四郎兵衛と違うなと、ふと思った。

花川戸町の「妾長屋」を駕籠屋は承知していた。

「長くて半刻、木戸口で待ちなされ」

といつも大門前で客待ちする馴染の駕籠屋に言い残して差配の花の長屋を訪ね

た。四郎兵衛は初めて訪ねる長屋だが、小粋な造りで金子に困らない旦那衆が囲い女を住まわせるに相応しい一見長屋風の貸家だった。この長屋の持ち主が真に芳野楼の元遣手だと幾たびも聞かされていたが、俄かには信じられなかった。

「御免なさいよ」

と花の長屋の格子戸を引き開けると、

「どなた」

と声がして香月楼の遊女だった花が姿を見せて、

「あら、吉原会所の頭取さんだ」

と驚きの声を上げた。

「どなたですね」

と奥から旦那と思しき声が問うた。

室町の小間物屋そのぎの主の染次郎だ。花を落籍した折りに吉原会所で挨拶を受けたからお互い承知していた。

花が吉原の頭取だよと告げると、

「吉原会所の七代目がおん自らお出でとはまたなんですね。上がってもらいなさい」

と染次郎が命じ、花が座敷に招じ上げた。

傍らの軒下には釣忍が掛かり、窓際には金魚鉢があって藻の間を金魚が泳いでいた。

「染次郎さん、お幸せそうでなによりです」

四郎兵衛が吉原の遊女、紅花だった花との暮らしを称えた。

「七代目、お陰様で幸せですがな、不満はひとつだけだ」

「お花さんが後添いになることを拒んでいなさることですかな」

「ようご存じですな」

と言った染次郎が、

「吉原会所がなんぞお花に用事ですか」

と応じるところをみるとなにも知らない様子だった。

「染次郎さん、この長屋の持ち主はだれか承知ですな」

「先日、芳野楼の遣手の紗世とお花に聞かされて、そんな話はなかろうと答えたくらいでね。遣手というのは遊女より稼ぎがようございますか」

「いえ、紗世は格別だとしても難しいでしょう」

「格別ね、この長屋を買い取るには二百両と言いたいが三百両は要りましょう」

「いかにもさよう、私も正直驚いておりますのさ」

と応じた四郎兵衛が、

「お花さん、つい先日、芳野楼のお針のぬいがこちらに届けものをしましたな」

「あら、頭取ったらよく承知ね」

「まだ紗世の文箱はこちらにございますかな」

「今月の晦日に店賃の集金に来た折りに渡す心算で、未だうちにありますよ」

「お花さん、その文箱、この四郎兵衛にしばらく貸してはもらえませぬか」

「だって、お紗世さんが芳野楼に忘れていった文箱よ。それを吉原会所の頭取が預かるというの。おかしいわ」

「お花さん、いかにも妙な話だ」

と応じる四郎兵衛に、

「七代目、話を聞かせてくれませんか。それで得心がいくならば文箱をそなたに渡すよう、お花を説得しますでな」

と小間物屋そのぎの旦那、染次郎が言った。

「染次郎さん、話を聞けば、厄介がおふたりに降りかかるかもしれませんよ。それでもこの四郎兵衛の言葉を信頼できませせぬか」

「そう言われるといよいよ聞かないわけにはいきませんな」

　と染次郎が四郎兵衛を正視した。

　しばし熟慮した四郎兵衛は、

「いいでしょう。ただ今の吉原に、厄介な事態が見舞っておることをおふたりは承知ですかな」

　ふたりが同時に首を横に振った。

「この長屋の持ち主の紗世はその厄介な一味のひとりと思えます。ゆえにこのような長屋が女の身で持てるのです」

　と前置きした四郎兵衛が、老舗の妓楼俵屋が騙されて潰され、一家が心中に見せかけて殺されたことなどを語った。だが、俵屋の孫ふたりが未だ勾引されていることは告げなかった。

「御免色里の吉原の乗っ取りですと、真ですか」

　と小間物屋の染次郎が四郎兵衛に質した。

「紗世と付き合いのあった住吉楼の遣手鶴女が一連の騒ぎに絡んで殺されております」

「じょ、冗談ですな」

「人様の生き死にを冗談に言えるわけもございません」

四郎兵衛が吐き捨てた。すると黙り込んでしまった花に、

「お花、その文箱が吉原にとって役立つのならばお渡ししなされ」

と染次郎が命じた。

がくがくと頷き立ち上がろうとする花に、

「ひとつ、おふたりに相談がございます。お花さんは、紗世に吉原で世話になり、ただ今もこの長屋の差配として付き合いがございましょう。この長屋に住み続けてはお花さんの身が危のうございます。相手は人ひとり殺すのをなんとも思ってない連中です。いずれこの長屋にも町奉行所の手が入るとも思えます。どうですな、お花さん、この長屋を立ち退きませんか」

「えっ、そんなことがほんとに起こるの」

と疑問を呈する花に四郎兵衛が頷き、

「私は話を半分どころかほとんど語っていません、吉原はいま生きるか死ぬかの戦の最中です。この一連の騒ぎを知れば知るほどおふたりの身が危うくなります」

「どうすればいい、お花」

「旦那、どうしましょう」

と言い合うふたりに、

「最前相談があると言ったのはこのことです」

「このこととはなんですな」

「お花さん、これを機会に室町の小間物屋そのぎの後添いに入りませぬか。そのぎならば大勢の奉公人の男衆がおられましょうし、室町はこの花川戸より繁華な町中です。そのぎには出入りの町奉行所の同心もおられますな」

と懇々と説得する四郎兵衛に、染次郎が、

「お花、それがいい。店には住み込みの男衆もいます、それに吉原から直に室町に行くのと違い、この長屋で時を過ごしたのです。そのぎの後添いとして大威張りで引っ越してきなされ、命には代えられません」

と得たりと花に言い聞かせた。

「いつのこと」

「今日にも身ひとつで引っ越されたほうがいい。荷はそのぎの奉公人に取りに来させればいいことです。どうですな、染次郎さん」

と四郎兵衛が言い切った。

染次郎が頷き、

「お花、おまえのことは大番頭たち奉公人も承知です。最初はいささか窮屈かもしれませんが命には代えられません」

と繰り返し説得し、花も頷いた。

四郎兵衛は紗世の文箱を受け取ると、

「いいですかな、一刻も早く室町に移りなされ」

と最後に念押しした。

三

京・祇園。

吉符入の宵、神守幹次郎は加門麻を伴い鳥居を潜り、四条に架かる浮橋を渡ろうとしていた。

「幹どの、旦那衆がえらく緊張しておられましたね」

旦那衆五人に届いた書状には、幹次郎が尋常の勝負で斬殺した不善院三十三坊の弟七十七坊という差出人の名が記されていた。文は五人の旦那衆に宛てられ

て、

「旦那衆の背後に神事を穢すものあり」

と認められてあった。神事を穢すものとは、祇園の旦那衆を指すのではなく三十三坊をひそかに討った神守幹次郎に向けられた言葉だと、直ぐに分かった。

文面は長いものではなかった。

「旦那衆五人に宛てられた文じゃが、『七十七坊なる刺客の狙いはそれがしにございましょう。この文面をそう読みました、いかがですかな』と考えを述べると、一力の次郎右衛門様と三井与左衛門様のおふたりはすぐに文の真意を察せられ、頷かれた。一方、河端屋芳兵衛様、一松楼数治様、中兎瑛太郎様のお三方の旦那衆は未だ不安に苛まれておられるというか、それがしの言うことを信じてはおられぬようであった。ともかく五人の旦那衆には祇園会の間、絶対に独りで出歩かぬように願っておいた」

と歩きながら麻に言った。

麻は幹次郎の話を聞きながらもすれ違う人々に、

「吉符入どすな、ええ日和に恵まれました」

とか、

「伊佐野屋のおかみはん、祇園会はうちら初めてやさかい、楽しみどす」

とか、短い祇園滞在の間に知り合ったのか言葉を交わし、会釈していく。相手も麻に、

「麻はん、京に馴染みはりましたな、祇園会を楽しみにしてや」

などと応対してくれた。

麻はこの短い月日に祇園の暮らしや仕来たりに慣れようと耳で覚えた京言葉でそれなりに応じていた。

麻は幹次郎に注意を戻すと、

「幹どの、古き都に江戸から突然舞い降りた私どもです。旦那様方が私どもを信用なさらないのは致し方ございません」

と慰めるように江戸言葉で言った。

「いかにもさよう。祇園感神院の神事を滞りなく差配することが祇園旦那衆の務めではございませぬかとよそ者のそれがしが説いたせいか、次郎右衛門様と与左衛門様のおふた方は直ぐにご自分らの立場を理解なされた。されど残りの三人の旦那衆の扱いにお困りのようで、それがしが五人をお護りすると、どうしたら信頼してもらえようかと思案なされておった」

「幹どの、三井と一力の旦那様は幹どのを信頼しておられます」

と言い切り、

「感神院の三つの神輿にはご神宝があれこれとあるそうですね」

と話柄をさらりと変えた。

「だれぞから話を聞いたか」

との問いに麻が頷いた。

「そうなのだ。祇園社の三基の中御座、東御座、西御座にはそれぞれ、御矛、御楯、御弓、御矢、御剣、御琴という六つのご神宝があり、神輿を先導して行列をなすそうな。これらを祇園町人のどなたが受け持つか、ご神宝の籤取りが最前祇園感神院の本殿で行われた」

「さような行事がございましたか」

「中でも別格のご神宝は『勅板』と呼ばれる円融天皇が御旅所を寄進された際の勅令が記された錦包みの板じゃそうな。祇園会の根拠になった『勅板』を捧持するのは祇園の遠藤家と左応家の二家、年ごとに交互に担当されるそうでな、これを『籤取らず』というとか。それがし、明日にも祇園感神院の執行彦田様に連れられて、今年『勅板』を担当なさる左応家に挨拶に参ることになっておる」

幹次郎はそう麻に答えながら、神事を穢そうとするのなら、人よりご神宝を傷つけるのではないか、それならば「勅板」を奪い取りに来ることも考えられると思った。

「京の祭礼はただ事ではございませんね」

「それがし、新たなお人に会うたびに何百年前からの話を聞かされてな、頭が混乱しておる」

と幹次郎が苦笑いをすると、

「幹どの、京の風習やら仕来たりを理解するなど、一朝一夕にはできませぬ。幹どのらしくいつものように武人の勘で潔く行動なさることです」

と麻が言った。

「いかにもさよう、それがし、祇園感神院の神輿蔵に住まわせてもらっておる。ゆえに三基の神輿を警固するのが務めと思うてきた。もしかしたら神輿以上に大切なものは、ご神宝、それも『勅板』ではないか。となると『勅板』をお護りすることがいちばんの大事な務めと麻との問答の中で思いついた。明日、そのことを彦田執行様と左応家の御当主に尋ねてみる。その返答次第では、それがし、祇園切通しの左応家を警固することに努めようと思う」

ふたりは鴨川の四条の浮橋の中ほどに差しかかっていた。鴨川を挟んで広がるふたつの繁華な町、四条河原町と祇園を結ぶ四条橋は格別に祇園の町衆の負担で、いわゆる民営で維持されてきた。民営であった理由は、橋が祇園感神院の参道であり、祭礼神事に使われる橋であったからだ。平安後期には「祇園橋」と呼ばれていた。この当時の四条の橋はたびたびの大水に流されて立派な造りではなかった。室町末期には四条の橋は、

一、祇園社の神輿渡御

二、参詣人の渡河

に用するために、ふたつならべて架けられていたとか。一方三条大橋は粟田口からの東国への出入りの官道であり、五条大橋は清水寺参詣のために架けられたが、同時に馬町に出て伏見街道、その先の渋谷街道へと通じていた。ゆえにどちらも公儀の運営する橋だった。町衆が運営するのは四条の橋のみだ。

「うむ」

そのとき、幹次郎は神域と俗界のふたつを結ぶ橋の上で殺気を感じて、

「麻、それがしの背後へ」

と告げた。

幹次郎は行く手に長大な長刀を手にした黒衣の大男が立ち塞がっているのを見た。僧侶と思しき形で頭を裹頭で包み、面だけ日差しにさらしていた。高下駄を履いており、そのせいもあって背丈は六尺七、八寸（約二百三〜二百六センチ）ありそうで、往来する人々を睥睨していた。ために人々は怖そうにその者を避けていた。

幹次郎を待ち受けているのは分かっていた。

「幹どの」

「麻、怖がらずともよい。宵の口の祇園社への参詣橋で乱暴狼藉もすまい」

とゆっくりと近づいていった。

「御坊、往来のお方が驚いておられる。橋の上を空けてくれぬか」

と願った。

「そのほう、神守幹次郎か」

「江戸から参ったばかりのそれがしの名をご承知か。牛若丸と武蔵坊弁慶が戦われたのはたしか京の五条の橋の上でござったな。そなた、四条橋でなにをなさろうというのです」

長身の幹次郎も見上げる相手との間は一間もない。津田助直と長い長刀との間合でいえば、刀の間合だった。

「神守、わが兄不善院三十三坊を斬ったはそのほうじゃな」

「なんぞ勘違いされているような。それがし、そなたの兄者など知らぬ、名を聞いたこともござらぬ」

「ぬけぬけと、白川の巽橋にて斬り合いをなしたのは分かっておる」

「そなたの名は不善院七十七坊どのかな」

「いかにもさよう、ほれ、見よ。虚言を弄しおって。兄を承知ゆえわしの名も知っておるのであろうが」

七十七坊が長刀の柄尻を上げて橋板にとんと打ちつけた。

「七十七坊どの、この四条の橋の下は鴨川にして、十日後、ご神水を汲み上げて神輿を清める神輿洗の神事の場、宮川であると聞いておる。それを穢しなさるお心算か」

「神守幹次郎、このひと月のうちにそのほうの首を刎ねて鴨川に投げ込む。本日はそのことを告げに参った」

「それはまたご丁寧なる所業にござるな。そなたの長刀術もまた禁裏一剣流の技前かな」

「兄者は、そのほうの口先に騙されたか。せいぜい命を大切に致せ」

と言った七十七坊が神輿渡御用の橋の欄干(らんかん)の上に飛び上がると巨大で剽悍(ひょうかん)な体をおどらせて鴨川の右岸へと駆け去っていった。

「幹どの、あの者の兄者をご存じで」

と麻が幹次郎の背から訊いた。

「知らぬな」

幹次郎の返答は短くもあっさりとしたものだった。

「麻、そんなことより山鉾町で二階囃子が始まっておらぬか。鶴野屋のおことの生まれ育ったのは、長刀鉾の会所の裏手じゃそうな」

という幹次郎の言葉に従い、ふたりが河原町通を越えて西に進むと遠くから、

「コンチキチン、コンチキチン」

と囃子が聞こえてきた。

麻が急ぎ足になった。

「待て、待ってくれぬか」

と幹次郎は麻を引き留めた。

「どないしはりました」

二階囃子を聞いたせいか、麻は京言葉に戻していた。

「こちらは祇園感神院の御旅所ではないか」

と幹次郎が四条通の南にある御旅所を指した。

「えっ、うち、御旅所にも気づかんと通り過ぎましたんか」

ふたりがすでに神輿を迎えるばかりに設えられた御旅所を覗くと、

「おや、神守様と麻様やおへんか」

と御旅所から声がかかった。

なんと祇園感神院の執行彦田の下で、祇園会の神事から祭礼までを司る一条治継の姿があった。

「急いでどないしはったん」

「いえ、麻が二階囃子の稽古を見たいと言うものですから長刀鉾の会所に急いでいたところでござる」

「そうどしたか」

と言った一条が、

「うちが案内しまひょ。長刀鉾は籤取らずの一番鉾、あれこれと煩いさかい」

と気軽にふたりに言った。

「一条どの、吉符入の宵、ご多忙ではござらぬか」

「大事ない大事ない、神事は神輿洗からが本式や。まあな、祭のことはお宮の氏子衆がうちよりよう承知やけど」

と言って一条がふたりを誘い、

「一条はん、いよいよ祇園会やわ」

「おお、祭やな」

とすれ違う氏子衆と掛け合いながら進むと、一条が不意に足を止めた。

「神守様、麻様、ここはな、四条麩屋町の辻や。この通の左右にな、斎竹が建てられてな、注連縄が張られます。その注連縄が切られるとな、山鉾巡行が始まるんや」

麻は一条の言葉を聞きながら光景を思い浮かべようとしたが、なかなか山鉾巡行の景色が頭に思い浮かばなかった。ただ、鴨川の東側と西側では、祇園会の雰囲気が全く異なると思った。

「麻様、景色が思い浮かばへんのとちゃいますか」

「一条様、いかにもさようです」

「ふっふっふふ、こればかりはな、見てみんと分からしまへん。うちの話はその折り、思い出しはるやろ」

さらに西に進むと、

「ここがな、四条堺町や。ここでな、籤改めの順に山鉾が並んでおるか確かめますんや」

と言った一条が不意に幹次郎に向かい、

「神守様、あんたはん、函谷鉾の会所を訪ねられたそうやな」

と質した。

「えっ、それがし、さような場所に参ったことは」

「あらへんと言わんでもええ。京は江戸に比べて小さな盆地の町や、なんでも耳に入ってくるがな」

と言った一条が笑った。

「お尋ね申す。それがしに覚えはござらぬが、もしや訪ねたことがあったとしたら、こたびの祭礼に差し支えがありましょうか」

「あらへんな」

と一条の返答は実に明快だった。

「あれはな、京の者かて知らんかったわけやない。京都所司代も町奉行所も承知どす、けど、だれも手が出せなんだ。それを神守様と町奉行所目付同心はんのふたりが一夜で壊しはった。祇園会の前に掃除ができてよかったと、喜んではる。けどな、喜んではる人がいるちゅうことは、怒ってはる人もいるちゅうことや。神守様に言うのもいささか烏滸がましいけど、気ぃつけなはれ」

と注意し、

「覚えがおへんお人には、なんとかに念仏やな」

と一条が独り問答をした。

長刀鉾の会所には二階囃子が江戸の囃子の調べとは違って雅に響いて聞こえた。一条が伴ってくれたお陰で、神守幹次郎と麻は、祇園囃子の稽古の場に上がって見物することができた。麻が持つ一力茶屋の主の口利き状は使う要がなかった。一条はふたりを長刀鉾の会所の頭に紹介するとさっさと戻っていった。

太鼓、鉦、能管の力強い囃子はたしかに、

「コンチキチン」

と聞こえた。

麻が摺り鉦を叩くおこととの真剣な顔を見ていると目が合った。会釈すると、おことも会釈を返してきた。

「幹どの、囃子方が山鉾に乗って奏（そう）されると、また違った調べに聞こえましょう」

「今年の山鉾がいくつあるか知らぬが、山鉾から聞こえる祇園囃子を想像するとわくわくするな」

初日の稽古、二階囃子は五つ（午後八時）時分に終わった。

ふたりが立ち上がると、おことが太鼓を叩いていた男衆を連れてきた。

「うちらのお師匠さんどす」

「神輿蔵のお侍はんやな」

と相手は幹次郎のことを承知していた。

「うちは長刀鉾の囃子方のコンチキチンの親方、楊三郎（ようざぶろう）どす」

「神守幹次郎と申す。連れは義妹（いもうと）の麻にござる」

「知ってます。一力はんでお琴を弾きはった女衆や」

あっ、と困惑の声を上げた麻が、

「お耳よごしの素人芸どす。コンチキチンの雅な調べと違（ちご）うて、悪霊を退治する力はおへん」

と言い訳をした。

「芸事は技やおへん、人柄とな、時の積み重ねが出ますんや。お麻はんの琴を聴きとうおす。祇園会が終わったら一力に伺いますさかい」

と師匠の楊三郎が言った。

帰路、ふたりはおことを伴い、一緒に四条の浮橋を渡ることにした。

「麻様、うちもお琴が聴きたいわ」

とおことが願った。

「おことはんは能管が吹きたいんやったな。けどな、おことはんの摺り鉦もよろしいえ」

「麻様、うちら、二階囃子はやれます。けどな、宵山(よいやま)や山鉾巡行では鉾には乗れまへんのどす」

「えっ、どうして」

「長刀鉾が籤取らずとは承知どすな」

「いいえ、なんのことでしょう」

と思わず俄か京言葉を忘れて麻が訊いた。するとおことが幹次郎を見た。

「最前、一条どのが申されたではないか。何十もある山鉾のうち、いくつか籤取らずと称して籤引きをせずに順番が決まっている鉾があるそうな。長刀鉾は長年一番鉾で決まりと聞いた。さらに長刀鉾は女人禁制じゃそうな」

「そういうことどす。長刀鉾は生稚児（いきちご）も乗せてますけど、女衆はいくらうまくても鉾に乗ってコンチキチンをできしまへん」

　とおことは悔（くや）しそうに言った。

「まあ、知りまへんどした。やはり古い都の京にはあれこれと決まりごとがあるんやな」

「麻様、うちがコンチキチンの鉦を教えます。琴を教えてくれへんやろか」

　とおことが言い出した。

「おことはん、うちが江戸でなにをしてたか承知やろな」

「はい。官許の花街（かがい）吉原で頂（いただき）の花魁を極めたお方と聞いてます。江戸であれ京であれ、どんなところでも頂に立つのは大変なことどす」

　とおことが言った。

「おことさん、おいくつや」

「十六どす」

　おことの返事に頷いた麻が、

「おことさん、まず置屋の女将さんに断わりなはれ。うちは一力茶屋の次郎右衛門様の許しを得ます。御両者がよろしと言わはったら、お互い江戸と京の芸事を教え合いましょう、それでよろしいな」

「はい」

とおことが嬉しそうに返事をした。

「おこと、訊いておきたいことがある。そなた、今宵、仕事は休むのかな」

「休みまへん。けど、舞妓になるとき、置屋の女将はんに祇園会の折りは、二階囃子に通わせてくださいと願ってあります」

「やはりそなたは芸事が好きなのだ。麻、しっかりと教えねばなるまいな」

と幹次郎が言った。

ふたりはおことを鶴野屋の前まで送っていき、

「幾たびかコンチキチンを見に行きますえ」

と麻がおことに言った。

ふたりが一力茶屋に戻ってくると、京都所司代の密偵渋谷甚左衛門（みっていしぶたにじんざえもん）が幹次郎を待っていた。そして、麻を見て、

「いつ見ても京女とはちゃいますな、ぞくぞくしますわ」

「義兄上、控えの間をお使いください」

と麻が言い、幹次郎が頷きながら、最前橋の上で会った不善院七十七坊の一件かと推量した。

四

神守幹次郎と甚左こと渋谷甚左衛門は一力茶屋の控えの間で対面した。

「吉符入の日になんぞ起こりましたか」

「おふたり、京にすっかり慣れはりましたな。見事なもんや。所司代の太田様も感心しておられますわ」

と言った。

江戸幕府から京都へ派遣された所司代太田備中守資愛は遠江掛川藩主で、吉原時代の麻のことを承知していた。

「甚左どの、祇園会の初日に追従を言いに参られましたか」

「おべっかとちゃいます、本心を言うただけや。けど、用件がないこともおへん」

「もしや不善院三十三坊の弟七十七坊の一件ではありませんかな」

幹次郎のほうから甚左の用件に触れた。

「見事なもんや、禁裏一剣流の遣い手三十三坊をあっさり斬りはったがな、神守はん。祇園の旦那衆は大喜びだっしゃろ」

と甚左も内密のことにあっさりと触れた。

「甚左どの、それがし、三十三坊を斬った覚えはござらぬ」

「ほんなら、どないして弟の七十七坊を承知なんや」

「つい最前、四条の橋で高下駄を履いた仁王様が待ち受けておられて、甚左どのと同じことを申され、祇園会のうちにそれがしの首を落とすとご丁寧にも通告されましたのでな。迷惑至極にござる。ついでに申せば旦那衆は、五人すべてのお方が喜んでおられるわけではございません」

「そらそうやろ。旦那はんの考えはまあそんな具合や。神守はんは命を張って、損な役目やな」

と苦笑いした。

幹次郎は黙っていた。用事がないのに甚左が祇園まで足を延ばすとは思えなかったからだ。

「七十七坊は三十三坊の実弟とちゃいます。禁裏一剣流の弟子というだけや。三十三坊と同じくらいと言いたいが、禁裏一剣流が放つ最後の遣い手どす。気ぃつけなはれ」

「肝に銘じます」

「神守はん、薩摩が本気で神守はんの暗殺を企てとります。あんたはんはすでに承知のようや、この祇園会のうちにどす」

甚左の言葉に幹次郎はただ頷いた。

「肚が据わっておいでや、吉原の裏同心はんは」

「それがし、女房と十年、妻仇討から諸国を逃げ回ったことは承知でしたな」

「薩摩程度が本気を出しても驚きまへんか」

というところに麻が茶菓を運んできた。

「麻はんはうちが甘いもんが好きやと承知どすか」

「義兄上からお聞きしましたんどす」

とふたりの前に盆を置くとさっさと辞した。

「祇園はんの甘味を頂戴しまひょ」

と言いながらこの時節の生菓子夏宵を手でつまんだ甚左が、

「所司代の太田はんが神守はんに会いたいそうや。明日にも時を作ってほしいとのことや」

「太田様が承知なのは麻でござろう。それがし、一面識もござらぬ」

「けどな、もはやおふたりとも京で名を売ってはるがな」

「それがしに所司代屋敷に参れと申されますか」

「明日にも太田はんが一力に参られるそうや。昼前の四つ（午前十時）時分にお忍びや」

「それがし、こちらでお待ちすればよろしいのでござろうか」

「そういうことどす」

とあっさりと生菓子をひと口で食した甚左が茶を喫した。

幹次郎は自分のぶんの夏宵を甚左に皿ごと差し出し、自分は茶碗を手にした。

「さすがに祇園界隈の生菓子は川向こうとちゃうわ、ええ風味やなあ。神守はんのも頂戴してええんやろか」

幹次郎は頷くと茶を喫した。

「七十七坊の他にな、薩摩藩京屋敷に北郷弥之助たらいう下士がおるそうや。この者、薩摩の御家流の示現流とはいささか違う剣術の遣い手やそうな。下士やさかい、京の薩摩屋敷でも人あつかいしてもろうてへん。けどな、薩摩屋敷の北郷はんは甘うみたらいけまへん。背丈は五尺三寸（約百六十一センチ）、着古した薩摩木綿の地味な形やが気ぃつけなはれ、神守はん」

　幹次郎は頷いた。

「七十七坊に北郷弥之助か、神守はんの命がいくつあっても足りまへんな」

　甚左がふたつの生菓子を食し、茶を喫したあと、さっさと一力の控えの間から辞去しようとして、

「神守はんのお陰で初めて一力に上がらせてもろうたがな、肩が凝りましたわ」

と言う割には平然とした顔で一力の表口から夜の祇園に出ていった。

　幹次郎が控えの間に戻ると、

「もう帰らはりましたん」

と麻が呆れたように言い、甚左の盆に菓子皿がふたつあるのを見て、

「幹どののぶんも食べはったんや」

　と言い添えた。

「麻、次郎右衛門様はおられるか」

「最前祇園の会所から戻らはりました」

「ならば、お会いできようか。お尋ねしてくれぬか」

「お尋ねするよりうちといっしょに参りまひょ、旦那はんもお待ちどしたわ」

と言った。

帳場座敷でも祇園会の飾りつけの仕度をしていた。

「所司代のお方がなんの用事どした」

と次郎右衛門が客が密偵と承知していた風で質した。

「所司代の太田様がそれがしに会いたいとか。明朝四つ時分にこちらに来られるそうです。迷惑ではございませぬか。すでに祭礼は始まり、ご多忙でございましょう」

「太田の殿様(とのさま)が神守様に会いに見えますか。忙しゅうおすな。所司代はんが昼前に来はるのはなんの迷惑にもなりまへん。祇園会が本式に始まるのんは神輿洗からどす」

と次郎右衛門が言った。

「麻様といっしょに会いなはれ。そのほうが宜しいかと思いますわ。話が終わった時分にうちも挨拶に伺います」

「畏(かしこ)まりました」

と承知した幹次郎が無言で目をやると、麻が頷いた。

「次郎右衛門様は会所からお戻りになったと聞きましたが、吉符入の日になんぞ差し障りはございませんでしたか」

「最前も言いましたが本式は未だどすわ、今のところなんもおへん。神守様のほうへ厄介が集まっているんとちゃいますやろか」

「麻からお聞きになりましたか」

「四条の橋のとこで待ち受けてた仁王はんのことな。禁裏に身の丈七尺（約二百十二センチ）ほどの坊さんがいはると聞いたことはあります。けど本気にしてまへんどしたわ。真にいはるんどすな」

と次郎右衛門が感心したように言った。そして、

「二階囃子はどないどした」

と話を変えた。

「それがし、芸事には疎うござる。されど祇園囃子は一見賑やかなようで格調ある調べ、雅さに感じ入りました」

「祇園囃子は能楽の写しどす。その辺りを神守様は感じられたのとちゃいますか。そやそや、舞妓のおことに麻様が琴を教えるそうやな」

「そちらも話が伝わってますか」

と答えた幹次郎は、次郎右衛門の言い方から察して一力では格別迷惑ではないらしいと思った。

「それがし、祇園界隈をひと廻りして最後に会所に立ち寄ります」

そう告げて、麻の見送りを受け一力を出た。

「麻、祭礼ゆえどなたも浮き浮きとしておられよう。じゃが決して気を抜いてはならぬ」

と言い残すと、

「幹どのこそ気ぃつけてや」

麻が応じて、そっと手に触れた。

四条通を祇園感神院の西楼門へと向かい、祇園の会所を訪ねると輿丁頭の吉之助らが十数人ほどで酒を酌み交わしていた。

「ええとこに来はったな。ほれ、籤取りに当たらはったお方が会所でな、改めて顔合わせをしとるとこですわ」

と吉之助が言った。

「ご苦労にございます」

「神輿蔵のお侍はん、祭礼はひと月と長うおす、頼みます」

とひとりが言い、

「神守様、この神宝捧持に携わる方々をな、格別に『神宝組』と呼びますんや。祭礼の間に神守幹次郎はんとは密な付き合いになりますな」

と吉之助が続けた。

「それがし、明日、『勅板』担当の左応家に挨拶に参ります」

「聞きましたわ。これで神輿の他に神宝を神守様がお護りすることになる。心強いこっちゃ」

と笑みを浮かべた吉之助が、

「神守様、吉符入のお下がりの神酒洗米や、それにお宮さん門前の二軒茶屋中村楼の祇園豆腐の料理があります。ひと口、神酒のお下がりを呑んでいきなはれ」

と傍らを指した。

そこで幹次郎は津田助直を手に会所の座敷に上がった。

「吉符入は祇園会の始まりやけどな、神事の本式に始まるんは十日後の神輿洗からや、それまで細々した神事がおます。神守様もゆるゆると慣れていきなはれ」

と輿丁頭が幹次郎と神宝組一同の前で言った。

「それがし、改めて申すこともないが江戸の野暮天侍にござる。非礼の折りは遠慮のうご叱責くだされ」

と願うと、御楯を籤取りした神宝組のひとりが、

「神守様、なんとも祇園会に相応しい姓やがな。あんたはんの役どころにぴったりや」

と褒め、

「あのな、舞妓はんが踊られる『京の四季』ちゅう端唄の文句を承知かいな」

とすでに神酒にほろ酔いの衆、ご神宝の御剣を当てたという伊左衛門が幹次郎に尋ねた。

「いえ、最前も申したように野暮天でござれば、京の端唄など一向に存ぜぬ」

幹次郎が首を横に振ると、

「春は花、いざ見にごんせ東山、色香あらそう夜桜や、うかれうかれて粋も無粋も物がたい、二本ざしでもやわらこう、祇園豆腐の二軒茶屋」

と小粋な調子で伊左衛門が歌ってくれた。

「ほれ、中村楼の豆腐田楽を見てみなはれ。二本ざしやろ」

と御弓を取った神宝組の純一郎が指した。

「粋も無粋もなんとかで、二本ざしでもやわらこう、というのは中村楼の豆腐田楽とそれがしのような無粋な江戸から参った野暮天をかけておるのですな」

と幹次郎が質した。

うっふっふふ、と吉符入の神酒にほろ酔いの一同が笑い、

「神守様は野暮天とちゃう。江戸の吉原の会所勤めやそうな。端唄の『京の四季』の文句をすぐに察しはるわ。そんなお方やから義妹の麻様と京に修業に来はったんや」

と吉之助が皆に教えた。

「頭、ちょっと待ちいな、一力の美形はおかみはんやないんかいな」

と御矢の伝右ヱ門が関心を示した。

「それがしの女房は吉原にて留守をしており申す」

「えっ、神守様はおかみはんの妹、あないな美形とふたりだけで旅を重ねて京に来はったんかいな、道中、大事おへんどしたか」

神宝組の面々は一年待ちに待った祇園会の吉符入を迎えて、神酒にほろ酔い、祭に上気していた。

「事情がござってな、わが女房の真の妹ではござらぬ」

「いよいよ粋な話になってきたのとちゃうか」

こんどは御矛の藤次郎が言い出した。

「御矛の藤次郎はん、麻様の前身を聞いたら仰天しはるで」

と言い出したのは御琴の亀介だ。

「前身いうて、亀介はん、あんた、承知かいな」

「だれから聞いたかは言えへん。麻様は江戸の御免色里吉原の頂を極めた太夫はんやて。ほんまかいな」

「まさか神守様、太夫はんと京へ逃げてきたんかいな」

と皆がわいわいがやがや言い出した。

幹次郎は黙って笑みの顔で騒ぎが静まるのを待っていた。すると吉之助が、

「神守様、麻様を身請けするほどの分限者かいな」

と質した。

もはや神宝組の仲間内の席だ。

ある程度、幹次郎と麻の身分を承知していたほうがいいと輿丁頭は考えて幹次郎の口からその経緯を言わせようとしたのだ。

「麻を落籍したのは江戸の札差伊勢亀のご隠居にござった。伊勢亀のご隠居は麻

の贔屓でもござったが、それがしも親身に世話になり申した。その伊勢亀のご隠居が身罷る折り、それがし、ご隠居の枕辺(まくらべ)に呼ばれて頼まれごとを承(うけたまわ)ったのです。麻の落籍でござった」

「なに、身罷ろうとするご隠居はんが吉原の太夫はんを身請けかいな。江戸にも粋な御仁がおるのやなあ」

と御剣の伊左衛門が言い出した。

「それがし、吉原会所と麻のいた妓楼の主どのに相談し、伊勢亀の当代に願ってこの話を纏(まと)めただけでござる」

「ご隠居はんは身罷らはったのやな」

「亡くなられました。麻は落籍されたものの行くところがございません。そこでわが女房と相談し、わが家に麻を引き取りました」

「ふむふむ、江戸にも粋な話があるやないか」

と輿丁頭の吉之助がこの話柄を終えようとした。

「待ちいな、頭。そんなふたりが京の祇園に来はったのは、なんでや」

と御琴の亀介が言い出した。

「江戸の吉原もこのご時世、決して景気がよいとは言えませぬ。吉原会所の頭取や妓楼の主に願われて、花街の先達京を見に参ったのでござる。ゆえに祇園の旦那衆の一力次郎右衛門様に願い、麻の身を茶屋に預けてあれこれと学んでおるところでな」

「輿丁頭、えらい話やないか。うちらを手本にやて。なんやら目処が立ちそうかいな」

「われらに許されておるのはわずか一年にござる。江戸になにを持ち帰ればよいか、未だ頭に浮かびませぬ」

「京を一年では無理やで、神守様」

と御剣の伊左衛門が言い出した。

「はい、重々承知です。されど吉原にも余裕も暇もございませんでな」

と幹次郎はこの話を締めくくろうと、

「それがしからひとつお尋ねしてようございますかな。明日左応家を訪ねる前に承知しておきたいことがござる」

と話柄を振った。

「なんやねん、もう、うちら神宝組の身内やで、なんでも訊きいな」

と最前より幹次郎を受け入れた感じの御矛の藤次郎が言った。

「今朝がた、ご神宝の籤取りが催されましたが、六種のご神宝はどこにあるのでございますか」

「ああ、そのことかいな」

「吉符入は神事始めの最初の催しどす。けどな、本式の神事となると十日後の神輿洗から始まりますんや、その二日後に六種のご神宝の蔵出しが行われます。その折りに神守様も、見られます」

と吉之助が言った。

そのとき祇園町会所の前に、いささか酒に酔ったと思しき武家方が五人ほど現われ会所の中を覗き、

「ほう、酒があるではないか。祭酒を頂戴しようか」

と入ってきた。

「お侍はん、ここは祇園の会所や。呑み屋や茶屋やおへん。早々に帰って屋敷の台所で呑みなはれ」

と御琴の亀介が言った。

「なにっ、下郎め、武家に向かって雑言を吐くや」

とひとりが刀の柄に手を掛けて会所の土間に入ってきた。

「お手前方、こちらも祭酒に酔っておる。祇園会の初日ゆえお許しくだされ」

と神紋の白半纏に着流しの幹次郎が框から立ち上がって願った。なんとなくだが、薩摩言葉は話さぬとも、京の薩摩屋敷の奉公人かと幹次郎は思った。

「なに、おはん、侍か」

と思わず相手が言った。

「いささか祭礼に関わる者にござる。ともあれ、こちらは茶屋ではござらぬ、お引き取りくだされ」

「侍とあらば応対のしようが違うわ」

と言ったひとりが祇園の会所の土間の広さと天井の高さを確かめると腰の薩摩拵(ごしら)えの剣の柄に手を置いた。

「やはりそなたら薩摩の京屋敷の面々か、島津(しまづ)の殿様の名にも関わる。祇園会の吉符入に会所で刀を抜いては諸々差し障りがござろう」

「抜かせ」

と叫んだ薩摩者が腰を沈めると薩摩拵えの剣を抜こうとした。そのとき、輿丁頭の吉之助が、

「神守様、ほらよ」

と心張棒を幹次郎の手元に投げた。

虚空で受けた心張棒を翻して喉元に突き上げたのと、抜き打った刀が幹次郎の首筋を斬り下ろしたのが同時だった。

だが、幹次郎の相手の動きを読んだ心張棒の先が相手を襲ったのが一瞬早かった。

ぐうっ
という呻きを漏らした相手が刀を手にしたまま後ろに飛び転がった。

「お手前方、本日の余興はこれまでにせぬか」

残った四人のうち年長の者が、

「浜崎を連れ出せ」

と命じて戦いは一瞬で終わった。

神宝組の面々が言葉を失って幹次郎を見ていた。

「神守様がいやはってな、心強いかぎりや」

吉之助の言葉が祇園の会所に流れた。

吉符入の夜が更けていった。

# 第四章　闇の闇

## 一

江戸・吉原。

官許の色里、吉原会所の七代目頭取四郎兵衛は、体の芯に深い疲労を感じていた。これまでかような疲れと無力感を覚えたことはなかった。

四郎兵衛の前に花川戸町の「妾長屋」の差配の花から預かってきた芳野楼の元遣手紗世の文箱があった。紗世は、妓楼の主と激しい口論をなして仕事を辞め、遣手部屋から慌ただしく引っ越したとき、文箱を置きっぱなしにしていた。

急に遣手を失うことになった芳野楼ではお針のぬいに遣手を兼ねさせることにした。遣手部屋はさほど広くはないが、他の奉公人部屋とは異なり、独立した部屋だった。紗世は十四、五年も遣手を務めてきたのだ。私物もそれなりにあった。大事な文箱を押入れの奥に隠していたのを、慌ただしく引っ越す折りに忘れていった。

紗世の跡を継いで遣手になったお針のぬいはそれを偶然見つけて、紗世が花川戸町に所有する「妾長屋」の差配、吉原の遊女であった紅花こと花に親切にも届けていた。

文箱には吉原の老舗や大籬の妓楼、半籬で客筋のよい見世の内情を事細かに認めた書付が三冊ほどあり、新々吉原改革案なる企てについての書付などが何通か入っていた。むろんその中には五丁町の町名主の妓楼の内情も認められていた。これほどの調べを何年も前からひそかに進めていた一味がいたことに全く気づかなかった四郎兵衛は自分がなんとも情けなかった。

ただし、大楼中の大楼、三浦屋についてはさすがに主（あるじ）の身内や主だった奉公人の名が記されているばかりで、内情までは調べられてはいなかった。また引手茶屋でも七軒茶屋のうち山口巴屋は、同じく吉原会所の四郎兵衛の持ち物ということで働き手の何名かの名が記してあるだけで、未だ調べられていないようだった。

一方、金子より大事なはずの文箱を芳野楼の遣手部屋の押入れに置きっぱなしにしたことに紗世は未だ気づいていないのか、このことが四郎兵衛にとって奇跡とも思え、ぬいと花のふたりの女の手を経て文箱を手に入れたのが、こたびの一連の騒ぎの中でただひとつの幸運、いや、不運だと己を責めていた。

ともかく紗世は、未だ文箱が芳野楼の遣手の後釜ぬいの部屋にあると安心し切っているのか、まさかぬいが「妾長屋」の花のもとへ届けたなんて考えもしなかったのか。

四郎兵衛は、この文箱は吉原の乗っ取りを謀る一味にとっても重要極まる「証し」のはずだと考えた。

(なにか見落としをしているのか)

かようなとき神守幹次郎がいると相談相手になるのだが、と京にいる自分の跡継ぎにと考える人物を思い浮かべた。

京ではすでに祇園感神院の祭礼、祇園会が始まっているだろう。ひと月続く神事と祭礼に幹次郎と加門麻はどうしているかと思った。

「お父つぁん、どうしたの。ぼうっとして」

と娘の玉藻が、文箱を前にしながら未だかつて見たことのないほど疲労困憊(こんぱい)した父を見た。

「玉藻か。私は吉原会所の頭取の退き際を間違えたようだ」

「早くに辞するべきだったと思うの」

「ああ」

と言いながら四郎兵衛は文箱を風呂敷に包み込んだ。

玉藻は文箱について質してはならぬのだと漠然と思った。廓の外から持ち帰った文箱が吉原の行く末を決めるものと察していた。

「お父つぁんが跡継ぎと心に決めたお方は京にいるのよね」

「承知していたか」

「私はお父つぁんの娘よ、吉原会所の差配に携わってはいないけど、お父つぁんと三浦屋の四郎左衛門様が思案したことくらい察することはできるわ。それにね、聞き及んだこともあるわ」

「ああ、町名主に相談したが、吉原者でもない神守様が吉原会所の八代目の頭取四郎兵衛に就くことに猛反対なさるお方が何人かおられた。そこで」

「お父つぁんはありもしない責めを神守幹次郎様に負わせて、吉原会所の仕事を一時やめさせて蟄居を命じたのよね」

「そういうことだ」

「神守様は柘榴の家に閉門なんかしていないのね」

「ただ今はさる禅宗の寺に修行に入っていることにしておる」

「麻様といっしょに京におられるのでしょ」

「それも承知か」

「汀女先生がお父つぁんの考えや企てを教えてくれたの。むろんうちの亭主にも言ってないけど」

「そうか、そなたらにも難儀をかけるな。私が最後にやるべきことは神守幹次郎様を八代目に据えることだ。それが吉原のためと思うからだ」

「麻様といっしょというのはなにか格別な意味があるの。汀女先生にもお尋ねしたけど、微笑(ほほえ)むだけでなにも答えていただけなかったわ」

「義妹として神守家の身内になった加門麻様を伴ったのは、私が隠居したあとの吉原のためだ。上方(かみがた)と江戸では遊里のやり方、習わしが違う。じゃが、遊びごとはすべて京から始まっておる。島原(しまばら)や他の花街に女の麻様が接することが新生吉原にとってよきことと仰ってな、麻様を同行するという汀女先生の考えに私も神守様も賛意を示した。ただ今麻様は祇園の一力茶屋で女将について祇園の諸々を一から修業しておるそうな」

と四郎兵衛が言った。

「神守様は別に住んでおられるの」

「祇園感神院の神輿蔵に住まいして祇園の花街の諸々を見聞しておるそうな。ちょうど祇園感神院の大祭祇園会の最中、あれこれと学んでおられよう」

「そうだったの、このことを承知なのは三浦屋の四郎左衛門様だけなの」

「いや、番方の仙右衛門には神守様が自分が八代目に就くことについて考えを訊いておられるし、すでにあらかたのことは告げてある。つまり仙右衛門は神守様が八代目に就くことに賛意を示したということだ」

「京の祇園会ね、京から来られたお客様から話に聞いたことがあるわ、ひと月にわたる大変な祭礼らしいわね」

「江戸よりも何倍も古い都の神事祭礼じゃが、神守様も麻様も祭を楽しむどころではあるまい」

「どういうこと」

「京の花街は花街で、吉原とは違った難儀が降りかかっておるそうな」

と四郎兵衛が漏らした。

「神守様も麻様も京に行っても苦労が絶えないの」

「あちらはあちらで花街ならではの難題があるようでな、神守様は吉原会所の裏同心のごとき務めもしておられるようじゃ」

「なんてこと。ならば京に行かずとも吉原にいて、ふたりして精を出せばお父つぁんは隠居できたわ」

「最前も言うたな、吉原の町名主衆にも反対するお方がおられ、なにより神守様がこのまま八代目に就くことに得心なされなかったのだ」

　と言うところに、

「七代目、お客人ですぜ」

　と会所の若い衆の金次の声がした。

「どなた様かな」

「三井越後屋の楽翁様と申されました。ご当人は隣の引手茶屋に上がると申しておられるが、その前に七代目に挨拶したいそうな」

「玉藻、まずはこちらに御丁重に案内してくれぬか」

「はい」

　と答えた玉藻は、

(呉服問屋三井越後屋の隠居の楽翁様とお父つぁんは知り合いだったかしら)

と首を傾げながら会所に向かった。

四郎兵衛が三井越後屋の楽翁と会ったのはかなり昔のことで、隠居になってからはむろん初めての対面であった。

「楽翁様、京にてうちの神守幹次郎と加門麻がえらくお世話になったそうでございますな。最初に宿のたかせがわにて、楽翁様とお知り合いになったのは、なんとも心強いことでした、と文に書いてきました。真に有難うございました」

「大したことおへん、神守様と麻様とな、京滞在の日々をいっしょさせてもらい、私もええ思い出ができましたわ」

楽翁は久しぶりの京逗留であったせいか、あるいは懐かしいせいか、未だ京の言葉を使った。

「あのふたり、祇園の花街に戸惑っておりませんかな」

「神守様も麻様もこの吉原とは働きどころはちごうても、京にもすんなりと溶け込みはって、祇園の旦那衆や清水寺の羽毛田老師、祇園感神院の彦田執行らと知り合いになってな、暮らしてはります。なんの心配もおへんと言いたいけど、祇園にも厄介が降りかかっている様子や。私はよう知りまへんけどな、祇園の旦那衆にとっても神守様の力は得難いのとちゃいますやろか」

と楽翁が言い、京におけるふたりの働きぶりを知りうるかぎり四郎兵衛と玉藻に告げてくれた。

「いやいや、たかせがわの風呂で三井越後屋のご隠居楽翁様にお目にかかった神守様は、やはり運をお持ちのお方ですな。ご当人の人徳でしょうかな、人柄でしょうかな、あの京に溶け込んでおられるようですな」

と四郎兵衛が感じいった言葉を吐いたとき、引手茶屋を汀女が訪れていると知らされた三人は、吉原会所の奥座敷から山口巴屋の二階座敷に移った。

汀女は吉原会所の訪問者が三井越後屋の隠居と聞かされ、顔を合わせた瞬間、

「楽翁様、亭主と妹の麻が京にてお世話になりました」

と丁重に両手をついて頭を下げ挨拶し、

「そなたが汀女様か、京にてあんたはんの話をふたりに聞かされるたびに、江戸に戻ったらなにがなんでも汀女様にお目にかかりたいと思うてましたんや」

と言い合った。

「うちが京を訪れる最後の機会やったさかい、別れの宴を一力茶屋で催しましたんや。正客は神守様と麻様や」

「えっ、麻は一力の奉公人でございましょうに」

「そうやな、けどうちの正客はふたりしかおへんやった。汀女様は、麻様が琴を弾くのを承知やな」

楽翁の言葉に汀女は驚いた。

「うちは偶さか麻様が琴を弾くのを聞かされてましてな、別れの宴に所望したんや。うちは芸事では京がいちばんやと思うてきました。けどな、麻様の琴には京の舞妓も芸妓も驚きはったわ。この楽翁、ふたりに会うたんが京訪いの最後の幸せどした」

と楽翁の京言葉が喜びに満ちていた。

「わが亭主どのは、なんとも運がよい御仁です。江戸から来たふたりに固い京の扉を開かせたのは楽翁様と申し上げてもようございましょう、いくら感謝しても足りません」

と汀女が改めて頭を下げた。

「いや、江戸からな、たかせがわ宛ての口利き状を持参するお方は滅多にいはりまへん。うちが神守様に会うたんも、一見の客が泊まることなどできへん旅籠でのことや。ちゅうことは七代目のお膳立てがあったさかい、祇園の旦那衆や清水寺の老師に出会わはったんや。麻様もな、祇園の茶屋一力で女将の手伝いをしてな、もはや一力に欠かせん女衆や」

と言い切った。

引手茶屋の座敷に楽翁、四郎兵衛、汀女の三人が玉藻の世話で江戸前の料理を前に酒をゆっくりと酌み交わしつつ、神守幹次郎と麻の話をし合った。

話が一段落ついた折り、

「神守様はうちが考える以上に吉原会所にとって、大事なお方なんやな」

と楽翁が己の考えが間違いなかったという口調で呟いた。

「ご隠居、いかにもさようです。ただ今の吉原に神守幹次郎様がおられたらどれほど心強いことか」

四郎兵衛が吉原を襲う難儀のことを思わずこぼした。

「七代目、あんたはんが腹を固められた一件には、困難が伴いましょう。けどな、それが成就(じょうじゅ)したら、吉原のこれからの百年にとってええことや」

と楽翁が言った。

そのとき、四郎兵衛も汀女も幹次郎が楽翁を信じて京にいる真の曰くを明かしたのだと察した。

「七代目、吉原にどんな難儀が降りかかっているか、うちは知りまへん。けどあのふたりが江戸に戻らはったら、必ず目処が立つ話や。ここは七代目の最後の踏ん張りどきや、隠居になったらな、うちのように京でもどこでも気楽な旅ができますがな」

と楽翁が励ました。

「楽翁様、ここのところ、退き際を誤ったと悔いてばかりおりました。ご隠居に励まされてもうひと踏ん張り致しますぞ」

と四郎兵衛が応じた。

楽翁は引手茶屋の山口巴屋で四郎兵衛、汀女を相手に一刻半（三時間）以上も心おきなく話をして、満足げに大門前に待たせていた駕籠に乗り辞去していった。

楽翁を大門まで見送った汀女がふたたび山口巴屋に戻ると、四郎兵衛が独り考えごとをしていた。

「三井越後屋の中興の祖と評される楽翁様ですな、私などまだ青うございます」

と漏らした。

汀女は四郎兵衛の内心を承知していたがなにも答えられなかった。

「私はな、このところ神守様のことばかり考えて、今の吉原に神守様がいたら、こんな難儀など大したことはないのにと思うていました。しかし神守様も京で難題に立ち向かっておられるのです。私もここでひと頑張りせんと死ぬに死ねませんな」

と言い添えた。

「四郎兵衛様、死ぬなどという言葉を申されるのは早(はよ)うございます。幹どのと麻が京から戻ってくるまでお互い耐え抜きましょう」

「ああ、そうしましょうかな」

と己を鼓舞するように四郎兵衛ががくがくと首肯した。

夜見世の始まった仲之町の水道尻に澄乃と老犬の遠助はいた。

火の番小屋には新之助がいる気配はなかった。

(さてどうしよう)

と澄乃は廓廻りの道筋を悩んでいた。

昼見世、夜見世と同じ刻限に、同じ道や路地を通るのでは、敵方に動きを見透かされることになる。ゆえに澄乃は、表通りの五丁町にしろ路地裏の蜘蛛道にしろ、見廻りの刻限と道順を変えていた。

京町一丁目の三浦屋の張見世の灯りが呼んだか、遠助がそろりそろりと三浦屋に向かって歩き出した。

澄乃もそれに従っていこうと考えたとき、松葉杖をついた新之助が番小屋の背後からふらりと姿を見せた。

「どこにいたのよ」

「そんなことはどうでもいいや。廓の外だがよ、なにも聞かず、おれに付き合わねえか」

新之助が澄乃の問いに答えず質した。

「いいわよ」

即答した澄乃は三浦屋の張見世の前にいる遠助を呼んだ。当然、仕事と思えたからだ。新之助はなんと大門の外へ澄乃と遠助を連れていこうとした。

「おい、新之助、うちの女裏同心と遠助を連れてどこへ行くんだよ」

と会所から金次が質した。

「金次さん、逢引きよ」

「遠助を連れてか」

「おうさ、犬連れで逢引きはなしか」

「新之助、抜かせ」

金次の言葉がふたりの背中を追ってきた。

新之助が澄乃と遠助を連れていったのは、鷲(おおとり)神社の門前だ。

古来、祭神は天日鷲命(あめのひわしのみこと)と日本武尊(やまとたけるのみこと)とされ、酉(とり)の市(いち)の催しで知られた神社だ。

この鷲神社、吉原とは深いかかわりがある商売繁盛(はんじょう)の神様で、十一月の酉の市には吉原の開かずの門も開き、この日ばかりは町屋の女衆にも廓内を出入りさせた。

「まずは拝礼していこうじゃないか、澄乃さん」

と言った新之助がなにがしか賽銭箱(さいせんばこ)に入れて、拝礼した。

賽銭箱の上には「なでおかめ」が置かれていた。

澄乃は、初めて鷲神社を訪れていた。そこで新之助を真似て賽銭を入れると、丁寧に参拝した。

「このなでおかめだがな、撫でる場所によって功徳(くどく)が違うのを承知か」

「知らない。私、鷲様を訪ねるのは初めてだもの」

「なに、初めてか。ふーん、ならば説明しようか。おでこを撫でると賢くなる。

目を撫でると先見の明がきく。鼻は金運を呼ぶ。右の頬は恋が叶う。左の頬は五体が息災になる。口を撫でると禍を防ぐことができる。顎からなでおかめの顔を右まわりに撫でると物事が丸くおさまるといった言い伝えがあるのよ」

「詳しいのね、私は賢くなるようにおでこかな」

「それ以上賢くなることもねえがね」

と言った新之助は、口の周りをなにごとか祈願するように撫でた。

「吉原に降りかかっている禍を防ぐように口を撫でたのね」

「まあ、そうだ」

「まあってどういうこと」

「おりゃ、ふたりの命を助けたいんだ」

「えっ、私を呼び出したことと関わりがあるのね」

新之助の険しい口調に澄乃が質した。

「忘れていめえ、澄乃さんよ。悲劇に見舞われた老舗の俵屋は、主夫婦の萬右衛門さんとお市さんに倅の太郎兵衛さん、さらには番頭の角蔵さんと四人も殺されたな。太郎兵衛さんの女房のおなかさんは子を三人連れて実家に帰っていて難儀から逃れたらしいが」

「新之助さん、その先は言わないで」

「ああ、聞きたくなきゃ言わねえ」

「この鷲様の拝礼と俵屋の行方知れずになっているお孫さんふたりとは関わりがあるのね」

澄乃の言葉にしばし新之助は答えず、間を置いていたが、

「そのふたりってのは、どうやら長男の壱太郎(いちたろう)さんに長女のお華(はな)さんらしいや」

「どうして分かったの」

「これからさる所を訪ねれば分かるはずだ」

と新之助が言い切った。

## 二

四半刻後、新之助と澄乃は遠助を伴い、金杉村(かなすぎむら)の植え込みに囲まれた屋敷の門前にいた。

「ここはな、澄乃さんよ、俵屋の倅太郎兵衛さんと身内が暮らしていた別邸だ。荒海屋金左衛門一味が売り飛ばしたはずだったが、ただ今は下男と女が住んでい

るんだ。その下男ってのがな、俵屋で雑用をこなしていた多喜造、女ってのはめし炊きのおくめだ。

　おりゃ、俵屋の一件は、奉公人のだれぞが手引きしたから、荒海屋の一味に騙されたに違いないと思ったのよ。廓から消えた俵屋の奉公人のうちだれが手引きしたか、このふた月あまりよ、口利き屋なんぞを訪ねて俵屋に奉公していた者を一人またひとりと捜し歩いたんだ。そしたら、最前参拝した鷲神社の下男が多喜造と同郷でな、付き合いがあったことを突き止めた。

　まあ、鷲神社の下男の円吉さんは俵屋一家の乗っ取り騒ぎに全く関わりねえ。そんな鷲神社の円吉さんと数日前、境内で会ったと思いねえ。するとな、円吉さんがよ、金杉村に使いに出されたとき、俵屋のめし炊きのおくめの姿を見かけたと言うじゃないか。俵屋にいたときとは別人のように髷も結い立てでよ、形もえらくよくなっているのに気づいてよ、驚いたそうな。

　俵屋を辞めざるを得なくなった奉公人はだれもが苦労してよ、仕事を探しているっていうのを口利き屋からおりゃ、聞き知っていた。

　円吉さんは、おくめをつけて昔俵屋の別邸だった家の別棟に多喜造といっしょに暮らしていることを知ったんだ。大旦那たちの持ち物だった別邸に下男とめし炊きが住んでいるというのはおかしかねえか」

「だれだっておかしいと思うわよ。だって廓内の老舗大籬の俵屋も別邸も騙されたか脅されたかはっきりしないけど、取り上げられてしまった。そんな曰くの別邸に下男とめし炊きの女衆が住んでいるなんて。ふたりは主家(しゅか)を裏切ったのよ」

「だろ」

「新之助さん、なぜこのことを会所のだれにも告げなかったの」

「おれも思案したさ、だがよ、はっきりとしたわけじゃないからな。ところがよ」

と新之助が声を低めた。

「昨日の朝がた、時折りでいいからと見張りを頼んでいた円吉さんがよ、数日前にこの別邸から娘のすすり泣くような声がするのを、あの界隈の住人が聞いたって知らせてきたんだ。多喜造にもおくめにも子なんぞはいねえ。そんなふたりの住む元俵屋の別邸で娘の泣き声と聞いてな、ひょっとしたらひょっとすると思ったんだ」

「だって俵屋の萬右衛門さん方三人が首吊りに見せかけて殺された折り、この別邸も調べたのよね」

「ああ、だれひとり住んでなくて叩き売られていたと番方から聞いたぜ」

「私もそう聞いたわ。太郎兵衛さんのお嫁さんのおなかさんと他の三人の子はおなかさんの実家に行っているらしいってことだった。おなかさんの実家はどこにあるか分かっていないのよね。勾引されたふたりの子は、いったんどこかに連れ去られていたのかしら」

「ありうるな。荒海屋金左衛門と一味が近々江戸に戻ってきて、吉原に最後の仕掛けをするとしたら、この別邸は使い道があろうじゃないか。別邸が叩き売られた先も荒海屋の仲間だとしたらどうだ」

「たしかにありうるかもしれない。荒海屋の一味に勾引されているのは、長男の壱太郎さんと長女のお華さんといったわよね。新之助さん、確かめたの」

「ああ、今日の未明のことだ。別邸に潜り込んで多喜造とおくめの暮らしを見ているとな、おくめが一日に二度、別邸の内蔵にめしを運んでいるのが分かったんだ。多喜造とおくめが話をしているのを聞いてな、俵屋の孫ふたりに間違いねえとは思ったね。だが念には念を入れてよ、澄乃さんにも確かめてもらってよ、確かなら会所に知らせようと考えたのよ」

澄乃はしばし考えた末に、

「いいわ、吉原会所の新入りのふたりでこの大きな別邸に潜り込んでみるのね。多喜造とおくめの他には荒海屋の一味はいないのよね」

「今日の未明までは一味がいる様子はなかったぜ。こっちに来ねえ」

新之助は松葉杖を器用に使いこなして高い植え込みの一角に潜り込んだ。澄乃と遠助もあとに従った。


納屋と思しき別棟から灯りが漏れていた。ふたりの男女の声が漏れてきて酒を呑んでいる気配だった。

澄乃は遠助に、いいわね、静かにしているのよ、と小声で言い聞かせた。遠助が分かったという風に尻尾を振った。何年も吉原会所に飼われてきた遠助は吉原会所の動き方を承知していた。

「多喜造さんさ、一味が戻ってきたら、私たちどうなるの」

と女の声が聞こえた。

「おくめだ」

新之助が澄乃に囁いた。

「どうなるのって、吉原の小見世くらいおれたちにくれようじゃないか。これだけの働きをしたんだからな」

多喜造らしい声が応じた。

「私らの他の使用人は脅されて放り出されたわよ。俵屋の大旦那の萬右衛門さん一家はどうなったの」

「ああ、一味の下っ端に訊いたらよ、殺されたと言ったぜ。おめえにも何度も言ったよな」

「聞いたけどさ、信じられないのさ。私らも用済みになったってんで、殺されないかね」

とおくめが多喜造に不安げな声で質した。

「それはねえだろう。おりゃ、あいつらにまだ告げてねえ秘密を承知だからよ。最後はこいつを使うさ」

「太郎兵衛さんの女房おなかさんがどうしたこうしたということ」

「実家をおれだけが承知なんだよ。おなかさんもあやつらに脅されたが、こっちに壱太郎とお華とふたりの身柄があるからよ。町奉行所にも訴えられないし、どうにも動けねえのさ」

「あんた、どうして実家を承知なのよ」

「おりゃ、俵屋に奉公に入る前、倅の太郎兵衛さんとな、川向こうで川釣りしていてさ、知り合ったんだ。次男の万次郎だか、三男の参之助、いや、ありゃ、長女のお華が生まれたときだから十年も前のことだ。おりゃ、太郎兵衛さんが俵屋の跡継ぎだって知ったのはつい最近のことだ。あっちは十年以上も前に川向こうで一度だけいっしょに釣り糸を垂れたおれのことを覚えてなかったぜ。おれも声をかける気もないしな、だがよ、釣りのあと、ここが女房の実家と教えてくれたんだ。川向こうがおなかさんの実家よ」

と酒を呑みながらの話は際限なく続いた。

「あんたがおなかさんの実家の場所をあやつらに告げたとしたら、その折り、命は助けられるかもしれないがさ。あやつらがおなかさんを殺したあと、いよいよ私たちが危なくならないかね」

おくめの問いに多喜造が黙り込んで、

「あやつらはひでえからな、なんとも言えねえ。逃げ出すか」

「私たち、約束の金子の半分ももらってないよ。その金だってもう使っちゃったわよ」

「おめえが髪結だ、紬だなんてあれこれと銭を使うからよ」

「だって、それくらいしたっていいじゃない」

と言い合ったふたりが黙り込んだ。

「新之助さん、ふたりしかいないこの際よ。私たちで多喜造とおくめを襲って、壱太郎さんとお華さんを一刻も早く助け出さない」

しばらく黙り込んでいた新之助が、

「よし、やるか」

と澄乃の提案に応えた。

澄乃は辺りに俵屋の別邸しかないことを見て取っていた。

「遠助、行くわよ。おまえも働くのよ」

と老犬に命じた。

新之助と澄乃は手拭いで顔を隠して、ふたりと一匹の犬が別棟の納屋に入り込んだ。

夏のことだ。

別棟の納屋は開けっぱなしで蚊やりの煙が板の間に漂っていた。

「な、なんだ。おめえたちよ」

「あれ、吉原会所のおいぼれ犬じゃないか」

とおくめが遠助の正体に気づいた。

「そうだ、松葉杖は火の番小屋の新入りだ」

と言った多喜造がなんと襟元から匕首を抜いて、

「てめえら、なんの真似だ」

と叫んだ。

「俵屋の下男とめし炊き女がくっついて、俵屋の内証のことを荒海屋金左衛門一味にあれこれと告げ口したか。おめえら、吉原会所を甘くみてねえか」

「番太、こっちには吉原会所なんぞ目じゃねえほどの腕利きがいるんだよ」

「そいつが真っ先に殺すのはおめえらだぜ。母屋の内蔵の鍵を渡しねえ。内蔵にはおめえらの主だった萬右衛門様の孫ふたりが捕われているんだよな」

「そこまで承知か」

多喜造が匕首を構えて立ち上がったとき、松葉杖が振り上げられると両刃の小刀が飛んで多喜造の太腿に突き立ち、手から匕首が板の間に転がった。その足に遠助が食らいついて首を振った。

「ああ、いてえ」

と腰を落とした多喜造に遠助が嚙みついて振り回すのを見たおくめが逃げ出そうとした。

その瞬間、澄乃の腰帯に巻かれた先端に鉄輪が装着された麻縄が抜かれておくめの足に絡んで、その場に引き倒した。

「さあ、大人しく鍵を出しねえな。それともおめえの匕首でよ、耳たぶを斬り落としてやろうか」

新之助と澄乃の予期せぬ攻めに、多喜造もおくめも愕然として、もはやなす術もなかった。

四半刻後、澄乃が華の手を引き、新之助が壱太郎を連れて大門を潜り、吉原会所にひそかに連れ込んだ。

「どうしたえ、えらく汗臭い子どもをよ」

と番方の仙右衛門がふたりに質した。

「番方、俵屋のお孫さんの壱太郎さんとお華さんですよ」

と澄乃が言った。

「うむ、なにっ」

仰天した仙右衛門が、

「俵屋の長男と長女というのか」

「へえ」

と新之助が澄乃に代わって応じた。

「番方、荒海屋の一味は、太郎兵衛さんの長男と長女を手元に置いて生かしておき、最後の最後の折りに使おうと考えていたんじゃございませんか」

澄乃が多喜造らから聞いた話を短く告げた。

「なんてこった。話はあとだ。そのふたりを湯に入れて着替えをさせようか」

引手茶屋の山口巴屋に掛け合い、長いこと湯にも入らなかったせいで汗臭いふたりの子どもを湯殿に連れていった。

ふたりの世話を玉藻ら女衆に任せた新之助と澄乃は頭取の座敷に呼ばれて、新之助が最初から事情を説明することになった。

長い話になったが、澄乃が手際よく話に加わってくれたので半刻で説明が終わった。

話を聞き終えた七代目の四郎兵衛が、ふうっ、と大きな息を漏らして、

「新之助、澄乃、懸案の心配ごとがひとつ解決しましたな」

と安堵の言葉を漏らした。

「新之助、手柄だったな。で、多喜造とおくめはどうした」

「番方、あやつらふたりも会所にしょっ引いてきたかったんだが、なにしろおれは松葉杖だ。澄乃さんと勾引されていた俵屋の孫ふたりを連れてくるのが精々でね、あちらに残すしか手はなかったんだ。そんなわけでふたりの子どもが閉じ込められていた座敷牢に手足を縛り上げて、あやつらを放り込んで錠を掛けてきましたぜ」

「ならば明朝にも桑平の旦那の手を煩わそうか、それでようございますね、七代目」

「ああ、そっちはいい。壱太郎とお華を川向こうのおなかさんの実家に届けるのが先だ。湯を使わせて飯を食わせたらおなかさんのところに連れていこうか。一刻も早くおなかさんを喜ばせたいじゃないか。で、おなかさんの実家を壱太郎は承知だろうな」

「へえ、壱太郎さんに幾たびも質したんだが、長いこと勾引されていたせいで、驚きでまともに口も利けないんですよ。亀戸村の大きな屋敷というだけで日中じゃなきゃ分からないと言いますので」

と新之助が答え、

「多喜造に糺したのですが、新之助さんに怪我を負わされたせいか、『おりゃ、場所をよく覚えていない』の一点張りでしてね。会所に連れてくれば吐くと思います」

と澄乃が言い添えた。

「そうか、あのふたりはえらい目に遭ってきたんだ、曖昧な記憶を頼りに夜のうちに捜せまいな。ならば壱太郎とお華にはもうひと晩うちで我慢してもらおうか」

と四郎兵衛が決めた。


大手柄の新之助を火の番小屋に見送りがてら、澄乃は角町の妓楼俵屋の跡を見に行った。

「澄乃さんよ、なにか気がかりか」

「いえ、壱太郎さんとお華さんは当初別の場所にいたんですよね。それが金杉村の元俵屋の別邸に連れ戻されたのは、荒海屋一味が吉原を乗っ取ろうと、改めて乗り込んでくるからでしょうね」

「ああ、多喜造もおくめもそのことは聞かされてないようだったが、まずそうだろうな」

「としたら、俵屋にもひそかに一味の者が潜んでいるってことはないかと思いついたんです」

「ならば見てみようじゃないか」

ふたりは四郎兵衛や三浦屋の四郎左衛門らと同じ尾張知多の出であった俵屋萬右衛門の老舗の妓楼をぐるりと外から見回ったが、楼の中に人の気配を感じなかった。錠前のかかった元妓楼の内部に入るには鍵が要った。

澄乃は人の気配がないことに安心した。

「明日は早いわ。新之助さんも番方らに従っておなかさんの実家を訪ねるのよ」

「おれより澄乃さんが打ってつけだがな」

「いえ、この一件、新之助さんの手柄よ。番方に従うのは新之助さんね。私は南町奉行所定町廻り同心の桑平様に知らせに行くわ」

「南町は非番月と言わなかったか」

「この騒ぎ、萬右衛門さん三人が殺された居木橋村以来の騒ぎよ、非番月でも桑平同心が動くのがいちばんよ」

「まあ、そうだな」

とふたりは角町の元俵屋の前で別れた。


翌日、久しぶりに湯に入ってさっぱりとした俵屋のふたりの孫、壱太郎と華を番方の仙右衛門と新之助らが船宿牡丹屋の猪牙舟に乗せて大川を横切り、竪川に入ると亀戸村の母親の実家を訪ねていった。

湯に浸かり、遅い夕餉を食して引手茶屋の山口巴屋の部屋でひと晩寝たせいで壱太郎の顔も華の顔も不安を残しながらも随分と落ち着いていた。

「壱太郎さんよ、思い出したかい、おっ母さんの実家をさ」

竪川の四ツ目之橋を潜った辺りで新之助が尋ねた。

「この川に見覚えがあります。ほら、こちら側に木場がありませんか」

と壱太郎が南側を指した。

「おお、覚えていたか、木場じゃないが、たしかに猿江町の御材木蔵があらあ」

「ああ、この川を覚えています」

「南十間川ですよ、壱太郎さん」

と今度は番方が答えた。

「もうそんなに遠くありません」

と壱太郎が言い切り、

「お父っぁんともおっ母さんとも会えるの」

「ああ、おっ母さんと会えるぜ、お華ちゃん」

と番方が答えた。

政吉船頭の猪牙舟が五ツ目之渡を過ぎて四、五丁進んだ辺りで、壱太郎が、

「ああ、あの船着場がじい様の家のものだ」

と叫んだ。

「そうかえ、俵屋さんのおかみさんの実家は亀戸村の村長さんの家か」

と政吉船頭が得心したように首肯した。仙右衛門は、俵屋が嫁の実家の体面を考えて吉原でこの実家のことを明らかにしなかったのかと納得した。

猪牙舟が船着場に着き、壱太郎が妹の華の手を引いて、

「おっ母さん、お父つぁん」

と叫びながらおなかのいるだろう屋敷に駆け出していった。未だふたりは父親の亡くなったことを知らされていなかったのだ。

仙右衛門と新之助は、おなかの実家を見たときに俵屋が並みの妓楼ではなかっ

たことを悟らされた。

その刻限、澄乃は、南町奉行所定町廻り同心桑平市松と小者らを金杉村の元俵屋の別邸に案内していた。

「おい、澄乃、佐渡の山師たちが俵屋を乗っ取ることができたのは、壱太郎とお華が勾引されていたからだな。ふたりをおまえさんたちが助け出したのならば、白洲のお調べ次第では俵屋が元の持ち主に戻されるかもしれねえな」

「桑平様、そう申されますが、大旦那の萬右衛門様もその跡継ぎの太郎兵衛様もあの者たちに縊り殺されています」

「おお、だが、孫の壱太郎がいるじゃないか」

「まだ十四歳では妓楼の主は難しゅうございましょう」

「だが、その辺りは吉原会所の七代目がなんとか知恵を出すんじゃないか。俵屋も四郎兵衛も三浦屋の主も尾張知多の出、絆が深いと聞いたことがある」

澄乃は尾張知多の出がどのような絆で結ばれているか知らなかった。

そのとき、昨晩訪れた元俵屋の別邸の表門の前に一行は着いていた。

「ここかえ、さすがは老舗の妓楼の別邸だな、なかなかのもんじゃないか」

表門の通用口が開いていた。

昨晩は植え込みの間から入り込んだゆえ、表門も別邸の母屋も見ていなかった。

「この別邸に座敷牢があるのか」

「はい、私どもは裏戸から入りました」

「ならば、われらも裏戸から入るか」

と母屋を回り込み、開け放しの裏口を潜ったとき、昨晩は感じなかった臭いを澄乃は嗅いだ。

「血の臭いだな」

と桑平の声も緊張していた。

嫌な感じに澄乃は座敷牢のある部屋に急ぎ向かった。すると座敷牢の中で血まみれになった多喜造とおくめが首を刺し殺されていた。

「なんてこった」

「昨晩、無理してでも吉原会所に連れてくるんでした」

と桑平と澄乃は言い合ったが、もはやなにを言っても遅かった。

# 三

京・祇園。

吉符入から十日後、宮川堤にて神輿洗が行われる。

祇園感神院では前の神輿洗からおよそ十八日のちの後の神輿洗までを、

「ハレの神事」

とする。

神幸祭・還幸祭で巡行する神輿を宮川と呼ばれる鴨川の水で清めるのが神輿洗の神事だ。

祇園感神院の本殿には幔幕が張られ、氏子の祇園町人の家々でも同じく門口に幔幕を張り、提灯を下げて夕暮れになると灯明を献じるのが習わしだ。

麻の奉公する一力茶屋でも祭礼の仕度が行われ、麻は、

(いよいよ祭礼が始まるんや)

と上気した。

また鴨川右岸の山鉾町でもこの日から前祭の山鉾の鉾建てが始まり、古都は

神事と祭礼の行事で祭気分が本式になる。

神輿洗の朝、神守幹次郎は輿丁たちといっしょに早朝に起きて宮川堤を清掃する作業に付き合った。

神輿洗の神事では四つの刻限、四条の神輿渡御に使う橋の上手(かみて)と下手(しもて)に斎竹が建てられ、神職と祇園感神院に仕える氏子が鴨川の水を粛々(しゅくしゅく)と汲み上げた。汲み上げられた水を神職がお祓いする清祓(きよはらえ)が宮川堤祓所(はらえど)で行われた。

祇園の旦那衆は白麻の紋付姿で参列し、輿丁頭の吉之助らの作業を見守った。だが、いまや五人に減った旦那衆のうち、料理茶屋と仕出し屋の主の中兎瑛太郎の姿が見えないことが、幹次郎は気になった。しかし、三井与左衛門や一力の次郎右衛門に尋ねる暇がなかった。

宮川から汲み上げられたご神水は、四条大和大路(やまとおおじ)の仲源寺(ちゅうげんじ)にも神用水として保管される。仲源寺は「目疾(めやみ)地蔵」として京の人に知られているが、本来は暴れ川鴨川の洪水を鎮める、

「雨止み地蔵」

だそうな。

幹次郎は、仲源寺の地下蔵を旦那七人衆の最古参、猪俣屋候左衛門が秘密の保

管所として所有していたことを承知しており、一年前の吉符入の前夜に殺された候左衛門が隠していた日録文書を探し当てて、次郎右衛門に渡していた。だが、以来、次郎右衛門は文書についてはなにも幹次郎に言わなかった。

鴨川からご神水を汲み上げたあと、清祓の直後、次郎右衛門と与左衛門に会うことができるわずかな暇があった。

「ちと気がかりがございまする」

との幹次郎の問いに、

「中兎の旦那はんのこっちゃな」

と与左衛門が即座に応じた。

「かような大事な行事の折り、欠席なされて、なんぞございましたか」

「うーむ」

と次郎右衛門が苦々しい顔を一瞬見せたが、すぐにいつもの穏やかな表情に戻し、

「宵の神輿洗には姿を見せますわ」

と答えた。瑛太郎の行く先に思い当たる表情を次郎右衛門は顔に見せていた。

となれば幹次郎もそれ以上は訊けなかった。

「ならばそれがし、祇園の会所に控えております」

「そうしてくだされ、なんぞあればすぐに神守様に知らせます」

とざわめきの中で別れた。

次郎右衛門と与左衛門にも、幹次郎に改めて尋ねたいことがあった。

吉符入の翌日、京都所司代太田資愛の用命に従い、幹次郎は一力で太田と面談していた。その場に最初だけ麻が同席して時候の挨拶をなし、茶菓を供したのち、引き下がっていた。

面談はふたりだけで行われた。

太田が一力を辞去したのち、幹次郎が残る座敷に次郎右衛門と与左衛門が入ってきて、

「掛川の殿様の話はなんでございましたな」

と質した。

幹次郎は当然尋ねられる問いと分かっていた。

「太田様はそれがしのことを江戸に問い合わせて承知らしゅうございました」

「当然どすわ」

「で、なんの頼みどした」

と次郎右衛門と与左衛門がふたたび尋ねた。

しばし間を置いた幹次郎は、

「祇園旦那衆五人の命をなんとしても守れとの命にございました」

「な、なに、うちらの命を守れと、所司代の太田の殿様が言わはりましたか。ということはや、神守様が禁裏の不善院三十三坊を始末したことを太田様は承知ということやな。その上で残ったうちらの命を守れと言わはりましたんやな、どないな意やろ」

と次郎右衛門が自問でもする口調で幹次郎に聞いた。

「一力はん、京がただ今のままあることが江戸の御公儀にとって都合がよいのんとちゃいますやろか」

与左衛門が期待を込めて応じた。

「かもしれまへんな」

ふたりが幹次郎を見た。

「それがしには所司代様の真意など分かりかねます。されど祇園の旦那衆の身を守るのはそれがしの当初からの用命でござれば異を唱えることもございますまい。『力の及ぶかぎり』とお答え致しました。それでようございましたか」

「むろんのこっちゃ。うちらにも有難い殿様の思し召しどすわ」

次郎右衛門の言葉に与左衛門が沈黙して考え込んだ。

「どないしはった、三井はん」

と次郎右衛門が質した。

「所司代の太田の殿様は、禁裏の刺客を神守様が始末しはったんを承知やな。ならば、もはやうちらの命、安心やおへんか。わざわざ念押しせんでもいいがな。あの文の不善院七十七坊の一件のことを太田の殿様は、神守様、話しに来はったんか。それとも他に話があったんかいな」

と与左衛門が疑問を呈した。次郎右衛門に目疾地蔵の地下蔵で幹次郎が見つけた候左衛門の日録を渡していたことを与左衛門は知らなかった。

「それがしが京に麻と参った曰くを熱心に問い質されましたで、かように長い時がかかりました。ですが、それがしは、京に花街の修業に来たという正直な曰くの他はございませんので、繰り返し同じ返答を重ねました」

「太田の殿様は得心されましたかな」

「おふたりが承知のようにそれしか申し上げるべき返答はございませんでな」

「公儀から送り込まれた所司代の太田様は、禁裏と薩摩がこれ以上深く結びつくことを案じてはるはずや。江戸からの書状にもしばしばこの件に触れてあると聞いたことがおます。うちらや神守様を味方につけておきたいんとちゃいますか」

「うちらにはなんの力もおへん、三井はん。そやけど、神守様を禁裏と薩摩の楯にするるんは所司代はんにとっても都合がええことや。七十七坊なんたらも兄さん同様、始末しておくれやす」

次郎右衛門はいつもの平静を欠いている口調で幹次郎に願った。

「ご両者、それがし、三十三坊とやらを始末した覚えはござらぬ。ましてや、七十七坊をどうせよと申されますのか」

これまで幹次郎は、祇園の旦那衆の有力者にも、禁裏の刺客を暗殺したことなどないと否定してきた。これは互いが阿吽の呼吸で承知し、決して口にしてはならぬことだった。

ううーん、と三井の与左衛門が唸り、

「そこや、最前からな、その辺りが気になってな。太田の殿様はなかなかの知恵者やけどな、神守様の返答の背後を推量しはって、なんぞ格別に願われたんではないやろか」

ところもいつもより案じ顔で言ったが、幹次郎は笑みを浮かべた顔を横に振

り、

「いえ、それにたとえ願われたとしても、それがしにそれに応える知恵も力もございません」

と答えた。

祇園の旦那衆の中でも有力なふたり、一力次郎右衛門と三井与左衛門は、揃って頷いた。だが、決して所司代太田資愛との話の内容が、会談の直後に幹次郎が口にしたことだけと信じているわけではなかったのだ。

事実、太田資愛は幹次郎に強い口調で言った。

「神守、公儀から京へ派遣される所司代の立場は微妙でな、ひと言でいうならば禁裏とは『付かず離れず』という立場でしかない」

「それは『敵にしてもならず味方として振る舞うこともならず』ということですか」

「そのことよ。神守幹次郎、そなたの一件で禁裏からやいのやいのと言うてきておる。江戸に戻すか、所司代の牢に留め置けと申される公家もおられる」

「太田様、それがし、禁裏に不快な思いをさせた覚えがありませぬが」

「そのほうの立場ならば、そう言うしかないな」

「いえ、事実です。どのような些細な不都合もなした覚えがございませぬ」

「神守、さような言葉がいつまで押し通せると思うてか。吉符入の夜にも祇園町会所で薩摩と思える侍を叩きのめしたと耳にした」

「あの一件は祭酒に酔った者の些細な所業にございます。太田様はそれがしを早々に江戸へ立ち去らせるように、旦那様方にも命じるお心算ですか」

「そこよ、わずかな京滞在の間に清水寺の老師や祇園感神院の執行を味方につけ、力になっているそのほうを江戸へ戻すわけにもいくまいな」

「ならばどうせよと」

　幹次郎の反問に太田が長いこと沈黙した。

「禁裏と薩摩の刺客が祇園の旦那七人衆のふたりを殺(あや)めたことをそのほうに説明するまでもあるまい。三人目の暗殺はなんとしても防げ。ただし、そなたは祇園の旦那衆の命で動いたことにせよ。こたびの祇園会の最中に禁裏と薩摩に祇園の実権を握られては、神守幹次郎の立場もなかろう。江戸に戻って、吉原会所の八代目にそなたが就くこともあるまいでな」

　と太田は江戸からの書状で知らされたと思えることを口にした。

　幹次郎はその一件には触れず、

「京都所司代の命ではのうて、祇園感神院の考え、つまりは祇園の旦那衆の頼みで動いたことにせよと申されますか」

と念押しした。

「いかにもさよう」

「太田様、ならば多忙な身を一力までお運びになることはございませんでした。それがし、当初から祇園のために最善を尽くす所存でござった」

京都所司代太田資愛が大きく頷いた。

あれから九日が過ぎていたがなんの異変も今のところなかった。

幹次郎は会所に向かう前に鴨川から汲み上げられた神用水が置かれた宮川堤の祓所に足を向けた。なんとなく鴨川の流れを眺めてみたいと思ったのだ。

鴨川の対岸では川床が造られていた。ただ今の納涼床とは異なり、流れの中に素足がつけられるような素朴な川床だった。

幹次郎は神域と俗界を分かつような流れと四条の浮橋を無心に眺めていた。

「神守様、川床はな、夏じゅうやおへん、祇園会の前祭の宵から十一日後の神輿洗の夜まで設けてええことを承知かいな」

輿丁頭の吉之助の声が背にして、

「いいえ、存じませぬ」

と振り返った幹次郎が応じた。

「嘘か真か知らん。けどな、川床に足をつけさせてもらうんは、最前神輿洗の神用水を汲み上げ、今宵、それで神輿を清めてから、神様が乗りうつりはるやろ。つまりは鴨川に神様がおらん間だけ、川の流れに足をつけてな、涼を取ることを許されたということや」

「さすがに京でござるな、一つひとつの行いに隠された意が込められておりますな」

「隠された意かどうかは知らん。最前、神守様は、一力と三井の旦那はんと真剣な顔して話しておられましたな。もしやして仕出し屋の旦那、中兎瑛太郎はんが神輿洗のご神水汲みに姿を見せはらへんことと関わりがあるんとちゃいますか」

幹次郎はただ頷いた。

「神守様の心配はよう分かります。すでにこの数年、祇園感神院の氏子の、ふたりの旦那衆が殺されとります。神守様が残された五人の旦那はんに祭礼の間も決して独りで歩き回らんよう、忠言したと聞きましたがな、もっともや」

さすがに、祇園の旦那衆とは違った立場で氏子衆を束ねる輿丁頭の吉之助はなんでも承知していた。

「輿丁頭、なんぞご懸念かな」

「祇園会はだれもが上気しますな」

と当たり前の言葉で吉之助は応じた。しばし間を置いて、

「中兎の旦那はんに妾はんがおりますんや。話の出所は言いまへん。おそらく昨日の宵から妾宅に行って朝がたのご神水汲みには間に合わへんかったんやろ、と思いますわ。けど、いくらなんでも宵の神輿洗には顔出しするんとちゃいますやろか」

と吉之助が言った。

「さような艶事なればそれがしの関わることではござらぬ」

と幹次郎は瑛太郎が奉公人の男衆を伴っていることを願った。

「神守様、これからどないしはる心算や」

「祇園の会所に控えていようと思うております。吉之助どの、それでよろしゅうござろうか」

「夕方のお迎え提灯まで祇園では大した行事はあらへんわ。神守様は初めての祇

園会や、どうどす、橋を渡って山鉾町に行き、山鉾建てを見物してきやはったら」

と吉之助が言った。

山鉾建てとは、昨年の祇園会のあと、各会所の蔵などにばらばらに解体して仕舞ってあった山鉾の部材を出して風にさらし、町内のお偉いさんと大工方、手伝い方らが鉾の組み立てを始める作業だと、吉之助が幹次郎に説明してくれた。

「山鉾はな、どこも釘などは一本も使いまへん」

「なんと、山鉾はとてつもなく大きいと聞いておりますが、釘を使わず組み立てられますか」

「昔からな、山鉾は『縄がらみ』というて、すべての部材を縄だけで組み立てていくんや。山鉾が建てられる瞬間はなかなかの見物(みもの)どす」

「山鉾は一日で組み立てられますか」

「とんでもない、どこの鉾も組み上がるまで三日はかかりますな。そのあと、自慢の懸装品(けそうひん)で飾られてな、曳き初(ひぞ)めを迎えます」

「ならばそれがし、見物に参ります」

吉之助の勧めに従い、幹次郎は橋を渡って四条通を西に向かおうとした。

「ああ、そうや。神守様に言うのんを忘れとったわ。火事で焼けた函谷鉾もな、他の山鉾はんの手助けで山鉾を建てるそうや」

「ほう、函谷鉾も山鉾巡行に参加しますか」

幹次郎は阿芙蓉窟の地下に残っていた鉾の部材で建てられるとは、といささか驚いた。

「函谷鉾の由来を神守様は承知かいな」

「いえ、なにも存ぜぬ」

「函谷鉾の会所を訪ねられたのにな」

と笑みを浮かべた顔で言った吉之助が、

「唐土の戦国時代のことや、今から千何百年も前のこっちゃ。斉の孟嘗君がな、秦に捕われたときな、うまいこと脱出して函谷関まで逃げてきた折りのことや。家来に鶏の鳴き声を真似させて関門を開かせ逃げ果せたという故事に基づいていますんや。四年前の大火の折りも、孟嘗君の人形は真っ先に炎から持ち出してあるんや。鉾のあれこれは寄せ集めでも孟嘗君の人形が鉾にお乗りになってはる、立派な函谷鉾ですがな」

「それはよきお話を聞かせていただきました」

「それもこれも町奉行所の同心はんとどなたはんかが、ツガルの香りのする阿芙蓉窟に入ってどなたはんかを始末されはったからや、もはやあそこではツガルは使えまへんわな、神守様は函谷鉾の恩人どす」

と吉之助が言い切ったが幹次郎はなにも答えなかった。


籤取らずの鉾、長刀鉾の会所の前では山鉾建てが行われていた。

「おお、祇園のお侍はん、山鉾建てを見物かいな」

長刀鉾の会所で太鼓を叩いていた祇園囃子の師匠楊三郎が幹次郎を覚えていたか、声をかけてくれた。

「輿丁頭の吉之助どのに勧められて、縄がらみなる技を拝見しようと参った。邪魔ではござらぬか」

「過日はきれいな女子はんと二階囃子を見物しはったな、おことの知り合いやて。おことはうちの姪どすがな。そや、あんたはん、どこぞの田舎侍に絡まれたおことを助けてくれはったってな、礼を言うんはうちのほうや。まして、祇園の旦那衆の守り神がなんの邪魔になりますかいな、好きなだけ見ていきなはれ」

楊三郎は白半纏の男衆に向かい、

「神守幹次郎はんは、孟嘗君人形の函谷鉾を今年の祇園会の山鉾巡行に出しはった恩人やで。縄がらみを見せてやらんかい」

と紹介した。

幹次郎は大工方と手伝い方の男衆が鉾の基になる木組みを、新しい縄を使いがっちりと結び込んでいく技前の縄がらみを飽きることなく堪能した。

「神守様も妙なお人やな、江戸から来はったと聞きましたがな、山鉾建てが面白おすか」

と楊三郎が感心した。

「いや、縄がらみとは見事な技前、一朝一夕にはできぬものでござるな」

「縄がらみをこれほど一生懸命に見はるお人はそうはおへん。大概がな、きれいなおべべを着せられた山鉾に目を見張りますがな。もっともおべべいうても、遠い異国のペルシャから来た花柄の絨毯どす」

「祇園社の輿丁頭吉之助どのに山鉾建ては三日かかると聞きましたが、何百年も繰り返された技がきっちりと伝承されており、それがしには興味深うござる」

「ほなら毎日見物に来なはれ」

と言った楊三郎が、

「長刀鉾は、籤取らずの一番鉾や、いつの時代もうちの鉾がな、他の山鉾の先陣を進みます。屋根に聳える真木の天辺に刀鍛冶三条小鍛冶宗近の大長刀をつけてますんで、長刀鉾と呼ばれてますんや」

と楊三郎が得意げに言った。

そのとき、京都町奉行所目付同心の入江忠助がふらりと姿を見せた。

「おお、お仲間が来はったな」

「頭、祇園感神院の神輿蔵の守り人を借りるぜ」

と険しい顔で入江が言い、

「ただ今の京でこのおふたりにだれが逆らえますかいな」

と楊三郎が応じた。

四

入江忠助は無言で四条の浮橋のほうへと歩き出した。

幹次郎もなにも問わなかった。入江目付同心の険しい顔がなにか事が起こったことを告げていた。

入江は橋の手前で鴨川に近い先斗町の小路に入った。

「祇園の旦那衆に三人目の犠牲者が出たやもしれぬ」

「中兎の瑛太郎様かな」

黙って頷いた入江が、

「神輿洗の神用水汲みに姿を見せなかったようだな」

「そうなのだ、気にはなっていた。なんでも妾宅に昨晩から泊まっていたと聞いたが、真かな」

「妾はな、売れっ子の芸妓ゆめ香だ。その女子に先斗町に小体な家を買い与えているらしい」

「それがこの小路にあるのかな」

「ああ、約定の刻限に髪結が訪れてつい最前分かったと、御用聞きに知らされた」

「まさか自裁ではあるまい」

「髪結が御用聞きに告げたところでは、中兎瑛太郎の旦那とゆめ香はふたりして斬り殺されていたそうだ」

「なんということが」

と応じた幹次郎が、

「それがしが長刀鉾の山鉾建てにおると教えたのはだれだな」

と話柄を変えたのはただの思いつきだ。

「輿丁頭の吉之助だ」

と入江が応じて、あの家だな、と目顔で指した。

黒板塀の家はいかにも妾宅然として、粋な造りだった。黒板塀の前の路面には青竹の犬矢来が設けられ、さらに黒板塀の上には朱色の聚楽壁となかなかの調和だった。

楓の青紅葉の間から二階が覗いていた。

幹次郎はこの立地ならば鴨川越しに東山が望めようと思った。

戸口には祭礼の駒形提灯がぶら下がっていた。

「仕出し屋とは妾を囲うほど稼ぎがあるものか」

「そなたの知らぬこともまだあるか」

「知らぬことだらけだ」

「一力とて料理は出すまい。京ではな、もてなし料理はおよそ仕出し屋から取るのだ。つまり茶屋は茶屋、置屋は置屋、仕出し屋は仕出し屋と互いが利を分かち合うようにできているでな、それなりの売り上げはあろう。ただし、売れっ子の芸妓に家を買い与えて囲うのにいくら金子がかかるか、貧乏同心には分からぬな。代々の先祖が貯めた金子があるやもしれぬな」

「入江様、こちらでございます」

格子戸から覗いていたのは入江同心の配下の御用聞き薗八(そのはち)だった。格子戸を引き開けた薗八が幹次郎に会釈した。

幹次郎と麻が京に到来した当初、この近くの旅籠たかせがわに投宿(とうしゅく)していた。その折り、鴨川河原に夜の散策に出て、雇われの刺客らに襲われた。そこを偶然に通りかかった入江同心と薗八の世話になり、互いに顔を承知していた。

「神守様、初めて会(お)うてからさほどの月日は経ってまへんな。もはや神守様の名を知らぬ京の者(もん)はいまへんで」

と薗八が愛想を言った。

「ふたりの身許は間違いないな」

薗八の問いを無視して入江が問うた。

「へえ、祇園の旦那衆のおひとりと、芸妓のゆめ香はんに間違いおへん。ゆめ香はんはまだ二十三歳どす」

と答えた。

瑛太郎は五十前後、娘と同じような歳の芸妓を囲っていたのだ。まあ左岸の祇園では妾宅は設けられまいな、と幹次郎は思った。

「ただ今は医師が調べてます、二階座敷ですわ」

頷いたふたりは二階への階段を上がった。すべて節目のない北山杉や檜が使われていた。

(金のかかった家だな)

二階座敷は床の間付きの東山を望める十畳と、六畳の寝間の二間だった。

ふたりは広座敷の床の上で斬り殺されていた。

若い医師が未だ検視をしていた。

「入江はん、殺されて半日は経ってます」

と言った医師が幹次郎を見た。

「入江はん、このお方が春先この近くの鴨川河原で不逞の侍を始末した神守様ちゅう神輿蔵のお侍はんやな」

「そういうことだ。神守幹次郎さんは、加賀国に伝わる眼志流居合にて立ち会われたが、加賀の出ではないぞ」

鴨川の河原で襲われた折り、六人に囲まれた幹次郎は一気に決着をつけようと頭分を真っ先に倒して配下の者を躊躇わせる狙いで、眼志流居合浪返しで応対したのだ。そのことをこの若い医師は覚えていたのか。それゆえ入江が幹次郎の出に触れたのだろう。

「祇園の旦那衆と付き合いがあるそうどすな」

「ふたりの旦那の殺しのことは神守さんは知らぬ。だが、こたび三人目の旦那はんを殺されて、この御仁も厄介な立場に追い込まれた。とはいえ、祇園会の最中に妾の家に独りで通う旦那を守るのはだれにもできんことよ」

と苦々しい口調で述べた入江同心はなにか不審に気づいたか、寝間着姿で床に起き上がったところを一気に斬り殺された瑛太郎の首の傷を調べた。

幹次郎は傍らに眠ったままの若い女衆がやはり首筋をひと息に突き殺されているのを見ると、視線を天井に移して、杉板に斜めに深く切り込んだ刀傷を見た。

「お医師どの、傷は両刃の刀によるものではなかろうか」

「ほう、このふたりを始末した者に心当たりがあると言わはるんか。さすがは祇園に短い月日で溶け込んだ御仁やな」

入江同心が幹次郎を見て、

「両刃の刀を持つのは禁裏一剣流不善院三十三坊の弟と自認する七十七坊なる化け物か」

と問い、幹次郎は頷いた。

「禁裏に関わる殺し方やて、厄介やな、入江はん」

と医師が漏らした。

「ああ、町奉行所の目付同心風情のそれがしの手には負えん。ゆえに神守幹次郎さんにご足労願った」

と入江忠助が言い放った。最初から殺しの下手人を推量して幹次郎を誘ったと思えた。

ふたりは二階から下りて、向き合った。

「どうするな」

「今宵は神輿洗の神事じゃそうな、それに続く本式な神事を迎える前に七十七坊とは決着をつけておきたい。この者を呼び出そう」

と幹次郎が言った。

「だれがどう呼び出すな」

「入江どの、すまぬが所司代の太田様の密偵甚左こと渋谷甚左衛門どのに会って、七十七坊に今夜九つ（午前零時）、四条の浮橋の下流の右岸にて、神輿洗の神事のあとにそれがしが会いたいと申しておると伝えるよう言ってくれぬか。甚左どのなれば禁裏への手づるを持っていよう」

「奴が独りで来る証しはなにもないぞ。兄弟子の三十三坊がそなたに殺されたのだ。禁裏一剣流の門弟を従えてくるやもしれぬ」

「そのときはそのときのこと。それがしはこれから急ぎ一力の次郎右衛門様に会ってこの一件を報告する」

しばし沈思した入江が、よし、と応じてふたりは先斗町の小路で左右に別れた。

幹次郎から知らせを受けた次郎右衛門は苦々しい顔をして、

「案じていたことが起こりましたわ」

と吐き捨てた。

「次郎右衛門様、中兎の旦那の妾宅はご存じでしたな」

「承知どす。まさか祇園会の神事、神輿洗の前夜に先斗町に独りで行くやなんて思いまへんわ。神守様、この先もうちらへ三十三坊の弟と称する七十七坊たらの凶刃（きょうじん）が向けられるやろうか」

「手を拱（こまぬ）いていれば、そのことも考えられましょう。なんとしても止めねばなりません」

「中兎はんとゆめ香を殺したは七十七坊どすな」

と念押しした。

「次郎右衛門様、神輿洗の神事のあと、今宵九つ、それがし、七十七坊と会う手筈を設けました」

次郎右衛門が目を剝いて幹次郎を見た。

「神守様、相手のことを考えはったか。あんたはん、一対一で会うことを願ってはりまへんか。けど、相手方は独りで来るとはかぎりまへん、大勢で来るやもしれまへん」

入江同心の懸念と同じ言葉を次郎右衛門は漏らした。

「なんぞ策を考えねばなりますまい」

「輿丁はんやらご神宝組の面々はすでに神事に入ってますさかい、頼りにできまへん」

「承知です」

と幹次郎が答えた。

最悪の場合、幹次郎独りの戦いも覚悟した。

次郎右衛門は瞑目して考え込んだ。

神守幹次郎は、夕刻前、一力にて麻の手を借り、背に神紋をいただいた白の肩衣と半袴姿に着替え、両刀を手挟んだ。新しい祭装束はその朝、祇園町会所から一力に届けられていた。

「いよいよ神輿洗の宵どすな」

「麻、見物に参るならばだれぞに付き添ってもらえ」

「幹どの、うちの旦那はんも三井の与左衛門はんもえろう緊張してはるのは祇園会の始まりやからどすか」

と麻が幹次郎に質した。

「麻、女将の水木様もなにも申されぬか」

麻が首を横に振った。

「中兎瑛太郎の旦那が先斗町の妾宅で殺されたのだ。妾の芸妓ゆめ香さんもいっしょにな」

「なんと、三人目、四人目の犠牲が出はりましたか」

「それがし、旦那衆ではなく、禁裏と薩摩が祇園感神院のご神宝『勅板』などを奪い、神事を傷つけるのではないかと考え、いささか油断した」

「幹どのはおひとりどす。あれもこれもできしまへん」

「だが、三人目の犠牲者を出すことはない、と高を括っておった。なにが起こってもいかん。麻も用心せよ」

「幹どのに迷惑かけんようにします」

と麻は言い切り、幹次郎は一力から祇園感神院に向かった。

六つ(午後六時)の刻限、神輿洗に先立って本殿で神輿洗の斎行を神様にご奉告する神事、奉告祭が始まろうとしていた。本殿前に祇園の旦那衆や輿丁、神宝組の面々が集まっていた。

「神守様」

と声がかかり、輿丁頭の吉之助が本殿前から人のいない場所に幹次郎を連れていった。

「中兎の旦那はんが殺されはったいう噂は偽りやろな、真やあらへんな」

幹次郎は白麻紋付に絽の袴姿の吉之助の顔を正視すると、首を横に振った。

「なんちゅうこっちゃ、今宵は神輿洗やで。さような話があるか」

幹次郎は数刻前、吉之助と別れたあとに起こった話を手短に告げた。

「いかんわ、祇園の旦那はんのやるこっちゃないわ」

と吉之助が言い放った。

「いかにもさよう。吉之助どの、これ以上、神事に傷がつく行いや犠牲者を出したくはない」

「神守様、独りで奮闘してはるのやな。神輿洗に悪事を企てる輩はだれであってもうちらは許しまへん。ええか、残り四人の旦那はんの命を守ってや」

と吉之助が強い口調で願った。

「この話、それがしの口から聞いたことは内緒にしてほしいのだ」

「むろん承知や」

そう言った輿丁頭の吉之助が本殿西ノ間に昇殿していった。

独り残った幹次郎は、なにをなすべきか考えていた。

人の気配がして、甚左こと渋谷甚左衛門が宵闇の中から幹次郎に歩み寄ってきて、

「不善院七十七坊、承知しましたわ」

と報告した。

「ご足労でござった」

「うちの務めなんて大したことおへん。七十七坊な、独りで来いしまへんえ。必ず三十三坊の高弟六人を引き連れてきます。神守はん、独りでは死にに行くようなもんや」

「末路哀れは覚悟の前です」

幹次郎の深い返答を聞いた甚左が、

「まあ、入江はんもこの話、すでに承知どす。それにしてもあほぉがふたりかいな」

と呆れ顔をした。

その言葉を聞いた幹次郎は、入江も鴨川河原に来るのだと思った。

「江戸者がふたりして鴨川の河原で骸をさらしますんか」

とさらに甚左が言い、なにか思案の顔をした。

「旦那衆から四人目の犠牲者を出さぬには七十七坊を始末するしかあるまい」

「神守はん、あんたはんが内緒にしてな、三十三坊を始末するさかい、かような目に遭うんや。そや、あんたはん、うちの殿様になんぞ願いごとをされたんかいな。まさか、禁裏のあかんたれをひとり残らず始末せえと頼まれはったんとちゃいますか」

「それがし、七十七坊ひとりを持て余しておる。所司代の太田の殿様が知らぬはずはなかろう」

「そうやろか、うちの勘は違とるけどな。おお、いつの間にやら奉告祭が終わりましたがな。神守はん、無理はせんこっちゃ。あんたはんは、まず江戸吉原のためになることを考えて動きなはれ。祇園のために命を張ることはおへんで」

と言い残すと闇に甚左の姿が消えた。

南楼門前に中御座の神輿が据えられていた。

祇園町人の面々が朮火によって点した大松明から早火の粉が飛んで四条通を清めていくと、見物人から手拍子が起こった。

「ホイットォ、ホイットォ」

の掛け声とともに神輿洗の中御座は南楼門を出て四条河原に向かう。橋上に着くと、神輿に付けられた鳴り鐶がシャンシャンと鳴らされ、白の半纏の祇園町人が神輿を高く掲げる「差し上げ」や高いまま神輿を回す「差し回し」で威勢をつける。

輿丁頭の吉之助が、輿丁たちにとってはここが見せ場だ。

「よっしゃぁ、北へ寄せぇ」

と命じると橋上は静まり返り、神輿を据えにかかる。

祓所から運んできたご神水を神輿に供えて神職を迎える。

榊の大麻(おおぬさ)を浸したご神水を神職が神輿に撒(ま)くと神輿が清められた。この神職の撒くご神水が体にかかると無病息災とされ、見物の衆が神輿に少しでも近づこうと大騒ぎした。

神輿洗を終えて清められた中御座は、

「ヨイヤッサージャ」

のゆったりとした調子に変わった掛け声とともに、お迎え提灯が並ぶ祇園感神院に戻っていった。


深夜九つ前、幹次郎は四条の橋から南、松原橋(まつばらばし)近くの右岸河原に立った。するとすでに不善院七十七坊の巨軀(きょく)が見えた。

腰に両刃の刀を差し、手に巨体に見合った長刀を携えている姿が、朮火のような小さな灯りの輪の中に浮かんでいた。

幹次郎が足を止めた。

「先斗町にて祇園の旦那衆のおひとり中兎瑛太郎どのとなんの罪科もなき女衆ゆめ香を斬り殺したはその腰の刀じゃな」

うっふふふふ

と声を殺した笑いは、明らかに肯定の意と幹次郎は受け止めた。

「中兎の旦那と女衆の仇を討つ」

と幹次郎が宣告したとき、笑いを止めた七十七坊の背後の闇の中から、そよりと六つの影が現われた。

「七十七坊、独りではこの神守幹次郎と戦えぬか」

「兄三十三坊の戦いには立会人を従えなかった。ゆえにそのほうが卑怯な手を使うた証しが認められなかった。こたびは立会人を連れて参った」

と七十七坊が無責任にも言い放った。

「無益な言い訳をするでない。三十三坊の死、曰くはなんであれ、最期は剣術家として尋常勝負の結果であったと言うておこう。今宵の立会人は六人の助勢の背後に控えておられるのかな」

幹次郎の言葉に六つの影の間から羽織袴の武家方が現われた。

「薩摩京屋敷の用人頭南郷皇左衛門どのかな」

幹次郎の問いに武家方は無言で頷いた。

もうひとり姿を見せた者がいた。

「ほう、今晩は祇園感神院の神輿を清めた夜、わざわざ禁裏御料方副頭綾小路秀麿卿のお出ましか」

「うちらは見届け人や」

と綾小路秀麿が応じた。

禁裏一剣流の六人の助勢陣が刀の鯉口を切った。

その瞬間、幹次郎の背後にも人の気配がした。

幹次郎には振り返らずとも町奉行所目付同心入江忠助と知れた。

「七十七坊、助勢ではない、それがしの立会人じゃ」

と幹次郎が念押しした。

巨軀の七十七坊が弦月のような長刀を前後に振って鞘を払い落とした。大きな鞘が朮火に照らされ転がるのが見えた。

一対七の勝負と、幹次郎が覚悟したとき、白の祭半纏の輿丁頭吉之助が行列の露払い役が持つ朱金棒を携え、七人の輿丁を従えて立った。

「神守様、うちらは立会人とちゃいます。祇園会の夜に宮川の流れを穢そうとする輩が許せんのどす。むろん中兎の旦那はんとゆめ香の仇も討たせてもらいますわ」

と言った。

「輿丁頭、そなたらの怒りは察する。じゃが、今宵の客人はそれがしが招いたでな。それがしが相手を致す」

「神守様、一対七の戦いの邪魔をせんといてくれと言わはるんか」

「いかにもさよう。清められた神輿の傍らに立つそなたらがどのような曰くであれ、血でその身と白装束を穢してはなりませぬ」

と静かな口調で応じた幹次郎が、

「立会人禁裏御料方副頭綾小路秀麿様、薩摩京屋敷用人頭南郷皇左衛門様にお願いがござる。祇園会の神事に携わる輿丁衆を戦いに加えてはなりませぬ。そなた方も助勢の六人を退かせて、不善院七十七坊と神守幹次郎の一対一の勝負にて事を終わらせませぬか、いかがかな。それとも助勢の六人は退かぬと申されるか。一対七の対決にそれがしが勝ちを得た場合、向後一切、そなた様方は祇園のことには関知せぬことをこちらの立会人の前で約定されよ」

「世迷言を言うでない。われらが勝つ。その折りはどうする気か」

と南郷が吐き捨てるように質した。

「それがしが身罷ったあとのこと、なにも約定することなどできませぬ」

「あくまで勝ちを得ると言わはるか」

と綾小路が幹次郎に問うた。

「いかにもさよう」

幹次郎の返答は簡潔だった。

「江戸吉原の陰の者の言葉を聞きまひょ。不善院七十七坊、兄弟子三十三坊の仇をそなたひとりで討ちなはれ」

と綾小路が命じ、

「相分かり申した」

と不善院七十七坊が六人の弟子に退がれと長刀の巨大な刃の先で命じた。

「七十七坊、江戸者の口車に乗ってはいけまへん。われら、ひと太刀なりとも三十三坊の仇を討ちたし」

と六人のうちの兄貴分が言った。

「この七十七坊の力を見くびりなや」

と激しい声で七十七坊が拒絶した。

致し方なく六人が退がった。

「神守幹次郎、われを生かして河原から去らせぬ」

「勝負は時の運にござる。もはや言葉は不要」

朮火の輪から出た七十七坊が長刀を夜空に突き上げるように構え、幹次郎との間合を縮めた。

未だ両者の間合は四間（約七・三メートル）あった。

幹次郎は動かない。五畿内摂津津田近江守助直の柄に手も掛けず、ただ静かに七十七坊の動きを注視した。

立会人たちがふたりの対決を凝視した。

長い時がゆるゆると過ぎた。

その間に間合は三間（約五・五メートル）に縮まっていた。

深夜にも拘わらずどこからともなく祇園囃子のコンチキチンの調べが聞こえてきた。

七十七坊が一気に間合を詰めると、長刀を不動の幹次郎の脳天（のうてん）へと振り下ろした。

幹次郎は懸河（けんが）の勢いで振り下ろされる長刀の刃の下に、自死（じし）を望むかのように上体を屈めて飛び込み、津田助直を一気に抜き打った。

加賀国金沢の城下外れで習った眼志流居合の技と長刀の刃がともに相手の身に迫った。

立ち会ったすべての男たちが息を呑んだ。

次の瞬間、不善院七十七坊の巨軀が飛んで鴨川の流れに水音を立てて落下していった。

「小早川彦内師直伝、眼志流横霞み」

という幹次郎の低い声が沈黙の場に響いた。

幹次郎が無言で六人の助勢方を見ながら血振りをくれた。

この場から最初に消えたのは薩摩の京屋敷用人頭南郷皇左衛門だった。禁裏御料方副頭綾小路秀麿卿が続いた。

六人の助勢は無言で佇んでいたが、流れに落ちた不善院七十七坊の骸を回収するためか下流へと走っていった。

幹次郎を残して輿丁頭の吉之助らが、そして、最後に入江忠助が気配もなく戦いの場から消えた。

江戸・吉原。

こちらでも騒ぎが出来（しゅったい）していた。

吉原会所の七代目四郎兵衛が、引手茶屋山口巴屋で三井越後屋の隠居楽翁と汀女と三人の会食のあと、供も従えず独り花川戸町の「妾長屋」を訪ねていた。

その帰路、忽然（こつぜん）と姿を消して三日が過ぎていた。

吉原会所の番方仙右衛門以下澄乃らは必死で七代目の行方を捜し回ったが、夏の宵闇に溶け込むように四郎兵衛は突然消えてしまった。

# 第五章　神事と異変

## 一

京・祇園。

祇園御霊会の神事の神髄は神幸祭にある。旧暦六月七日（現在では七月十七日）前々夜、宵宮祭が催され、祇園感神院の祭神が神輿に乗り遷る、「御神霊遷し」があった。

祇園社境内のすべての灯りが消された暗闇の中、舞殿に据えられた三基の神輿に本殿から神様がお遷りになる、厳粛な神事であった。

宮司、執行以下の神職も白一色の狩衣「浄衣」を召している。氏子総代の四人の旦那衆（町年寄）、一力次郎右衛門以下の主だった幹部も礼装だ。

外陣の東に安置されている白朮灯籠を除いて灯りが消される前、本殿にて神職の祝詞が奏上される。参列者が拝礼し、続いて神職が内陣に入り、

「パチリ、パチリ」

と笏拍子の音とともに灯りが消されていく。

暗闇の中、拝殿に置かれた和琴が鳴り響き、

「オーー」

という声とともに神職の一団が内陣から姿を見せた気配があった。

暗闇。

御幣を振る神職を先頭に、「絹垣」と呼ばれる白絹のとばりが神職たちを囲んで、神様をお抱えになった宮司が神輿へと進んでいくのを幹次郎は感じた。

その瞬間、これまでの半生の中で感じたことのない感動と緊張に包まれた。祇園御霊会の中でも厳粛さにおいて幹次郎が体験した、初めての瞬間であった。

神紋の入った新しい継裃姿の神守幹次郎は暗黒の中で、その場に大勢の神職や氏子がいるにも拘わらず無人のような静寂と沈黙が荘厳な気を支配している中に立っていた。闇と静けさの中、神様のお遷りになるのを武人の五感で感じ取っ

ていた。

本殿を出た神様は、舞殿の外陣から階を上がり、三基の神輿に遷られていく。その手順を、警固する幹次郎に前もって彦田執行がそっと教えてくれた。これら一連の神事はあくまで氏子の中の氏子、祇園旦那衆にも輿丁らにも知らされざる秘事であった。それは禁裏と薩摩の邪魔があると予測されたゆえの極秘の判断だった。

祇園町人は闇の中の神事を想像するしかない。

神様が神輿に御神霊遷しされたのち、本殿をご神霊が留守にするかというとそうではないという。ともしびを分けるようなかたちでご神霊を神輿に遷し、さらに神輿渡御のあと、御旅所にもお遷しするので本殿が「お留守」になるわけではないという。すべて彦田執行が幹次郎に伝えたことだ。

その折り、幹次郎が彦田執行に尋ねた。

「それがし、向後神がお遷りになった神輿をお護りすればよろしゅうござろうか。あるいはご神宝の『勅板』のほか六種の神宝もお護りすべきでしょうか」

「ご神宝は神宝組が己の命をかけて護りはるやろう。神守様は神輿、それも中御座に付き添っておくれやす。中御座の傍らには『勅板』もあります」

そうはっきりと命じられた。極秘の習わしが祇園町人でもない幹次郎に伝えられたことになる。

荘厳極まる闇の時がゆるゆると流れ、神職が本殿内陣に戻られるとふたたび笏拍子の音が響き、境内の灯りが一斉に点され、黄金色に輝く三基の神輿の姿に大きな歓声が沸き起こる。それは神が遷座(せんざ)された神輿なのであった。

限られた参列者は舞殿の南側に左右に並び、玉串(たまぐし)を神輿に捧(ささ)げていく。

輿丁たちの緊張の顔を眺めて幹次郎は異変がないことを確かめる。

「おお、神輿に神様が無事にお遷りになっとるわ」

「いつ見ても神様が引っ越されたあとは、神輿がいつも以上に神々しいがな」

などと祇園町人衆が言い合った。

幹次郎もいつもとは違う神輿だと眺めていた。

こうして神の降臨(こうりん)を仰ぐ宵宮の神事が恙なく終わった。

一方、鴨川の西、山鉾町でも山鉾に神の降臨を仰ぐための「宵山」が催される。各鉾の前後に駒形提灯を吊るして灯明を献じ、鉾の上で祇園囃子を奏して賑やかに氏子を迎える。

祇園社宵宮祭の神事の「御神霊遷し」と山鉾町の「宵山」とはまるで雰囲気が違った。

幹次郎はこの「御神霊遷し」の場にあるのを許されたことを生涯忘れることはなかった。

「どないだす、『宵宮祭』は」

と幹次郎に声をかけたのは輿丁頭の吉之助だ。

「それがし、これまでの半生でいちばん厳粛にして荘厳な時を体験させてもらいました。この『宵宮祭』の神事を見聞しただけで江戸から京に来た甲斐があったというものでござろう、間違いござらぬ」

と言い切った。

「闇の中の神事にそれほど感激しはったか」

「それがしが寝泊まりさせていただいておる神輿蔵の主、神輿三基に宵宮祭の神事を通じて神様がお遷りされたことをそれがし、現の目で見るように見させてもらいました」

「神守様の生涯は、神をお護りするだけやないな。うちら祇園町人やら習わしまでも守ってくれはるわ。神守様の姓は偶さかとちゃいます、神様がさだめた姓どすわ」

「それにしてはそれがしの半生、血まみれでござる」

「神守様は他人はんの分を引き受けてはるんや、そのことを神様は承知なんや」

と言った吉之助が、

「そやそや、ここのところお互い忙しゅうて会えなんだな。神守様に礼を言えへんどしたがな」

「輿丁頭からお礼を言われることなどござろうか」

「ありますわ」

と明確に即答した吉之助が言い添えた。

「鴨川河原のこっちゃ。禁裏の化け物を神守様がお独りで引き受けて、うちらに手を出させまへんどしたな。お陰様でうちらは『宵宮祭』の神事に今年も立ち会うことができました」

「それがそれがしの務めでござる」

「あんたはんが真に命を張ってはることがよう分かりましたわ。『宵宮祭』の御神霊遷しに祇園町人以外のよそ者を招いたんは神守様が初めてどす。長いこと関わってきたうちらも他に知りまへん。けどな、神守様はそれだけの務めを果たしてはる、曰くがうちにはよう分かりましたがな。礼ちゅうんはそのことどす」

「吉之助どの、祇園御霊会は始まったばかりと聞きました。明後日、神輿渡御にて四条寺町の御旅所に向かわれる中御座が祇園感神院にお戻りになるまでまだまだ祭礼の日々は続きます」

と幹次郎が応じた。

「そやそや、疫神社で夏越祭の大茅の輪を潜ったあとにうちらと神守様、酒を酌み交わしまひょな」

と吉之助が言った。

「約定でござる」

と幹次郎と輿丁頭が上気した声で約束したのは「宵宮祭」の神事の感激もあってのことかもしれない。

江戸・吉原。

浅草並木町の料理茶屋山口巴屋に吉原の老舗大楼の主にして五丁町の総名主の三浦屋四郎左衛門、南町奉行所定町廻り同心桑平市松、身代わりの左吉、番方の仙右衛門、そして、吉原会所の新参者の嶋村澄乃と、この料理茶屋の運営を任されている神守汀女の六人が険しい顔で対面していた。

吉原会所の四郎兵衛が行方知れずになって、十数日が過ぎようとしていた。

四郎兵衛とは昵懇の間柄の四郎左衛門が口火を切った。

「もはや四郎兵衛さんが別邸に病治療のために滞在しているという名目もなかなか町名主方に聞き入れてもらえなくなった。ここで正直に官許遊里吉原を差配する町奉行に忌憚(きたん)ないところを報告し、そのあと、町名主にも事情を説明せねばなりますまい。本日は、皆さんの掛け値なしのお考えを聞かせていただきたい」

と一座に諮(はか)った。

だれもしばし応ずる者はいなかった。いや、できなかった。新吉原になって百数十年が過ぎていた。官許の吉原の事実上の自治を守る吉原会所の頭取がこれほど長く何者かに勾引されたことなどなかった。

「澄乃、やはり四郎兵衛さんは『妾長屋』を訪ねたあと、どこに消えたか調べはついておりませんかな」

と四郎左衛門が一縷(いちる)の望みを抱いて質した。

「三浦屋様、申し訳ありません。四郎兵衛様は、あの長屋を訪ねる前には、あの土地の地主、聖天町の米問屋野本興右衛門方を訪ねて、芳野楼の遣手だった紗世のことを詳しく尋ねられています。そのあと、『妾長屋』を訪ねられたのですが、差配を託されていたお花さんは室町の小間物屋に引き移っておりまして、四郎兵衛様は他の住人に紗世のことを訊いて回られたようです。長屋を出たのち、ぷっつりと姿を消しておられます」

と澄乃が答えた。

「そのぎの染次郎の願いも考えて、お花に妾でいるより後添いになることを勧めたのは四郎兵衛頭取でござる。お花をあの長屋に住まわせ続ければ、お花の命も危ないと考えた結果であったろう」

「桑平様、七代目はいい判断をなされたのです。そのお陰で吉原の元遊女の命が守られました」

と四郎左衛門が言い切った。

「三浦屋様、他の町名主方は七代目の行方知れずに気づいておられますか」

「はっきりと行方を絶ったという証しを持つ町名主はおりますまい。されど吉原会所の頭取が重篤な病に倒れて会所にいないのは、なんとしても避けたいという江戸二の相模屋さんの主張に大半の町名主が賛意を示しておられます。伏見町の壱刻楼蓑助さんは、はっきりと七代目には病治療に専念してもらい、新しい八代目を急ぎ選ぶべきだと強く主張しておられます」

一座を重苦しい沈黙が支配した。

仙右衛門が沈黙を破り、

「四郎左衛門様、八代目にはさるお方が内定しているのではございませんか」

と言った。

この場にいる中で、このことを知らされていない澄乃は表情を全く変えなかった。

「いかにもさようでしたな。ですが、そのお方は謹慎の身、ただ今表に立つことはできません。そのことは番方も承知ですな」

「はい。相手方はそのお方が不在の間に四郎兵衛様を勾引して、他の町名主から新しい八代目を選べという声が上がるように仕掛けたと思いませぬか」

「大いに考えられます」

「ただ今の町名主から、『私が』と名乗り出たお方はございましょうか」

「五丁町の町名主の七人中、角町の池田屋哲太郎さんが奥山の見世物小屋で殺害され、江戸一の駒宮楼六左衛門(こまみやろうろくざえもん)もご一統がご存じの罪科にて遠島(えんとう)処分となり、後釜が未だ決まっていませんな。八代目が病ではなく敵方に勾引されたかもしれぬとなると、だれが八代目を名乗り出ても不思議ではございませんな」

と四郎左衛門が言い切った。

「あるいは死を恐れてだれも名乗りを上げぬか」

と桑平市松が応じた。

幾たび目か、座を沈黙が支配した。

「わっしのような吉原と公には関わりない者が口を利いてようございますか」

と身代わりの左吉が四郎左衛門の顔から一同に眼差しを移して質した。

「桑平の旦那と左吉さん、おふたりは、四郎兵衛さん探索には欠かせぬ人材。手助けを願いたく、ゆえにこの場にお呼びしたのです。どうか正直な考えを聞かせてくだされ」

と四郎左衛門が言い、一同が頷いた。

澄乃は自分が左吉以上にこの場にいてはいけない人物と思えた。最前、番方が口にした、

「さるお方」

とは明らかに神守幹次郎だった。ということは幹次郎の八代目就任は、一度は内定していたことになると考えられた。その幹次郎が麻とともに京にいること

は汀女に聞かされていたが、八代目への就任話のことは一切知らなかった。

「七代目の四郎兵衛様の生き死にがはっきりするまで、どんなことがあろうと八代目など決めてはなりません。そう思いませんかえ」

という左吉の言葉に一同が頷いた。

「となれば、四郎兵衛様の病治療は川向こうの別邸で続けていただく。時を稼いでなんとしても四郎兵衛様を救い出す手立てを考える」

身代わりの左吉が一同の思いを代表して言い切った。

「それができればな」

と四郎左衛門が呟いた。

「その折りは、三浦屋の旦那、そなた様が仮の七代目を務めることです。四郎兵衛様とさるお方が吉原にお戻りになるまでね」

左吉の言葉に桑平が首肯した。

「それしか手はございますまい」

仙右衛門が四郎左衛門の顔を見た。

「強硬な反対が町名主から出ましょうな」

「ですが、妓楼や茶屋の主は、最後はこの案に賛意を示しましょう。これまで七代目四郎兵衛様をどのような状況においても助けてこられたのは三浦屋様でございますからな」

一同が仙右衛門の言葉に頷いた。

「ふうっ」

と四郎左衛門が息を吐いた。

「京に滞在中のお方に予定を早めて江戸に帰ってもらうことはできますまいか」

と桑平市松が自問するように質した。

だれも答えない、答えられなかった。

神守幹次郎の一年間の蟄居謹慎を決めたのは四郎兵衛だった。その四郎兵衛が敵方の手に堕ちていた。

一同の視線がこの場で無言を続ける汀女に向けられた。

「この場におられる方々は神守幹次郎に八代目の頭取就任が内定していることを承知、あるいはそう推量しているお方ばかりのようですね。

私、正直、神守幹次郎がなんの罪科で一年間の謹慎を命じられたのか、当初は分かりませんでした。その後、四郎兵衛様の胸のうちを斟酌するに、神守の八代目就位に反対の町名主方に、考え直してもらう歳月が一年の謹慎だと、思いついたのです。四郎左衛門様、この考えは間違いにございますか。それとも神守幹次郎は、私の知らぬ罪科により謹慎させられたのでございましょうか」

「汀女先生、そなたの考えられる通り、吉原の出ではない神守幹次郎様の八代目就任に反対の町名主がいたために、七代目はあのような一年間の謹慎を命じられました。

このことは汀女先生もすでにご理解されておりますな。柘榴の家に謹慎蟄居はわずかな日にち、神守幹次郎様は、八代目に就任する前に、花街の先達京の都に吉原の向後の百年を学ぶためにひそかに江戸を出て、ただ今は祇園にて修業をしておられますこともな。この場におられる方々は、そのことを大なり小なり承知、あるいは推量しておられたと思います。ただ今京の祇園では祇園会、俗に祇園祭と呼ばれる祭礼・神事の最中です。その祭礼・神事が終わらぬかぎり神守様の身はままなりますまい。京にても頼りにされている神守様を困惑させるばかり、吉原の百年を考えて京に頭を下げて修業に出られたのにと戸惑うばかりと思います。ただ今の吉原の苦衷は、私どもで解決すべき難儀かと存じます」

と四郎左衛門が言い切った。

「その手立てがございませんな」

身代わりの左吉が呟くように言った。

幾たび目の沈黙か。

その沈黙を破ったのは汀女だった。

「つい最前聞いたばかりの話にございます。四郎兵衛様が芳野楼の遣手だった紗世なる人物の持ち物である長屋を訪ねたあと、川向こうの源森川、業平橋近くで屋根船から下りたのを見たと言う者がございます」

「だれですな」

「幹どのや私の幼馴染、この料理茶屋の下男を務めさせてもらっている足田甚吉でございます。甚吉の能天気な人柄を承知の方もこの場にはおられるでしょうが、吉原に降りかかる難儀には気づいておりませぬ。そのせいでただ今まで黙っていたようで、本日、私が支度をしている折り、『四郎兵衛様が病と聞いたが真か、姉様』と私に尋ねました。私がしばし迷ったあと頷くと、『いつだったかな、おりゃ、業平橋界隈で見かけたぞ』と言うものですから、しつこいくらい、四郎兵衛様に間違いないか、いつのことか、と質しました。この場にて改めて当人に問い直せばよいのでしょうが、この集い自体、この場にいる者の他にこれ以上知られてはならぬことでございましょう」

「いかにもさよう。汀女先生、甚吉の話、間違いございませんかな」

「それがなんとも、ただし甚吉が虚言を弄する人物ではないことはたしか。四郎兵衛様を見たと申しておるのは、私が川向こうに使いを頼んだ日にちと思えます。あのとき以外甚吉は、川向こうなど訪ねたことはないと言うております。それは行方知れずになった日と同じです」

「汀女先生、四郎兵衛様が屋根船にて川向こうに行く用事にわっしは覚えがありませんぞ」

と仙右衛門が言った。

「小梅村(こうめむら)の業平橋近くには、七代目が頭取を辞めた折りに隠居所として過ごすために購(あがな)った家がございましたな」

と桑平市松が漏らした。

女房の雪が死の病に見舞われた折り、幹次郎の仲介で四郎兵衛が雪の養生所、いや、終(つい)の棲家(すみか)として提供したゆえ、桑平はとくと承知していた。だが、この場には知らぬ者もおると考え、かような言い方をしたのだ。

「たしかですかえ」

と身代わりの左吉がだれとはなしに質した。すると汀女と四郎左衛門が頷いた。

「そりゃ、その隠居所を調べてみる要があるな」

「ならば左吉、それがしが案内しよう。会所からだれか、そうじゃ、番方は会所に残らねばなるまい、澄乃、そなたが同行するか」

と桑平が言い出し、一縷の望みを託して一同が動き出した。

## 二

四郎兵衛が隠居所としてひそかに購っていた家は、源森川の突き当たり、南に向かえば業平橋の架かる横川(よこかわ)になるが、その横川沿いの西尾(にしお)家抱(かかえ)屋敷の北側を入った梅林の中にあった。

左吉も澄乃も初めて訪ねる隠居所だった。

さすがに吉原会所の頭取が隠居した折りに住まいしようとした家だ、大きくはないが茅葺(かやぶ)き屋根の普請(ふしん)も粋で住みやすそうであったし、贅(ぜい)を尽くした渋みのある建物だった。

まず桑平が枝折戸(しおりど)を慣れた様子で開けて入った。ふたりが続いたが、なぜ南町奉行所同心の桑平市松が吉原会所の面々も知らない隠居所を熟知しているのか、左吉も澄乃も訝しく思った。

前庭に立った桑平は屋敷の中が無人であることを察した。

「だれも住んでおらぬな」

「へえ、人の気配はしませんな」

と身代わりの左吉が答えると桑平が家の右手をめぐって庭に出た。庭に手入れされた植木と泉水が夕暮れ前の薄明かりに見えた。

「やはり四郎兵衛様がおるとは思えぬ」

と桑平がいつしか七代目に敬称をつけて呟き、

「その代わり、だれぞが見張っていませんかえ」

「のようだな」

むろん澄乃も気づいていた。

「桑平さんよ、この隠居所をよう承知じゃな」

「左吉、宿痾の病にかかった女房の雪がこの隠居所で死ぬ直前の日々を過ごさせてもらったのだ。神守どのの口利きで四郎兵衛様がこの屋敷を好きに使えと貸してくれた。さらに御典医の桂川甫周先生の治療を受けて女房は身罷った。それがし、神守幹次郎どのと四郎兵衛様の両者には生涯頭が上がるまいな」

左吉も澄乃も雪の死の経緯は初めて聞く話ではなかった。が、隠居所のことは初耳であった。

「浅草花川戸の『妾長屋』から四郎兵衛様は、己の隠居所をなぜ訪ねたか」

「吉原に関わるだれかに呼び出されたとは思わぬか」

と桑平が左吉の言葉に応じた。

「桑平様、左吉さん、この家にだれもいないとは思いますが、内部を調べてみませんか」

と澄乃が小声で言い、

「そうじゃのう、この家を見張るだれぞを誘き出せるかもしれんでな」

と桑平が答え、

「ふたりしてしばし庭で待て。この家の台所から入るでな」

と勝手を知ったる桑平が小体な隠居所の裏手に回った。鍵がどこかに隠してあるのか、家の中に桑平が入った気配がした。

「澄乃さんよ、おまえさんもこの隠居所のことを知らなかったか」

「桑平様のご新造の雪様が亡くなったことは聞かされていましたが、まさかかような隠居所を四郎兵衛様がお持ちで、桑平様のご新造様がこの家で最期の日にちを過ごされ、身罷られたなんて話は存じませんでした」

「神守様も妙な人だぜ、他人のために命を張ってただ働きをしていなさる。それを吉原会所の七代目が助けていなさる。いま神守様が四郎兵衛様の行方知れずを知ったら、どうなされるかな」

「私、最前初めて神守幹次郎様が吉原会所八代目に就く話があることを聞かされ、驚きました」

と澄乃はそう前置きし、

「おふたりは私どもの知らぬ深い間柄で繋がっておられますね。でも、こちらから急ぎこの状況を知らせたとしても、神守様は、京から駆け戻るような真似は致されまいと思います。京での務めを果たされましょう。それは神守様と四郎兵衛様の間で言わずもがなのことかと存じます」

「だろうな」

と左吉が言ったとき、縁側の雨戸が開かれた。

桑平が点したと思える行灯の灯りが二間続きの座敷を照らした。

「四郎兵衛様がいた気配もないな」

と桑平同心が言った。

左吉と澄乃は庭に面した縁側の沓脱石（くつぬぎいし）に履物を脱ぎ捨て、三尺（約九十一センチ）幅の縁側に上がった。

床の間のついた八畳間に、納戸部屋が設けられた四畳半の二部屋だった。床の間の一角には茶釜が置かれて、茶が点（た）てられると思えた。

「桑平様、ご新造様はこの部屋で晩年を過ごされましたか」

「おお、それがしのような町方同心の女房が贅沢の極みよ。雪も『八丁堀にいるより幾倍も平静で極楽の日にちでございました』と、何度も言いながら身罷ったわ。勢助と延次郎と別れざるを得ないのがいちばんの無念であったろう。まさか、それがしよりずっと若い雪が先に逝（い）くとは考えもしなかった」

「いえ、ご新造様が辛（つら）かったのは桑平様やおふたりのお子様といっしょに生きていけなかったことです」

「澄乃、もはや詮無（せんな）いことよ」

と言ったとき、身代わりの左吉がそよりと姿を消した。そして、庭に人影が立った。

夕暮れ前の刻限だ。

芳野楼の元遣手紗世だった。

「お紗世さん」

紗世を知る澄乃が思わず声を漏らした。

桑平が得心した気配を澄乃は感じ取った。

「ふーん、会所の女裏同心が南町の定町廻り同心と組んで仕事かえ、町奉行所の中で吉原に関わるのは隠密廻りと思ったがね」

「いろいろと事情がございましてね。それよりお紗世さん、そなたこそあれこれと吉原の遣手らしくない行いをなしておりますね。花川戸の、あのお長屋の持ち主とは驚き」

「桃の木山椒の木かえ。会所の新入り、世間にはおめえなんぞが知らないことがたくさんあるってことさ」

と言い切った。

桑平市松はこの場の問答を女同士の澄乃に任せたほうがいいと思った。

「で、ございましょうね。ですが、お付き合いのあった住吉楼の遣手の鶴女さんを縊り殺した一件は、私どもよりこの場におられる桑平様の出番と思いませんか」

「鶴女の一件ね、あの女、予想外に強かでね、このお紗世様になんと金を強要しやがった。三百両用意しなければすべてを町奉行所に訴え、そのうえ読売にネタを売ると脅しやがった。まさか鶴女の骸をそこにいる桑平市松同心が釣り上げようとはね、世間は広いようで狭いね」

と何でも知っているという風に言った紗世に澄乃が、

「話屋の与三郎とは何者ですね。小伝馬町の大牢で身代わりの左吉さんに接触しようとしたこの男も三味線の弦で縊り殺された。鶴女さんと同じ殺され方ですね」

「与三郎なんて小物は知らないね」

「とすると疫病神の伝吉さんはどうですね」

「ほう、おまえもあれこれと調べたとみえるね」

「新入りでも務めは務めで果たしております」

「伝吉は、私の異母弟でね、私が下働きに使っていたのさ」

「話屋の与三郎は伝吉さんに殺されたとみていますがね。伝吉さんは三味線の修理職人でしたね」

「伝吉の暮らしなんて、そんなこと知らないやね」

と紗世はしらばくれた。

「驚きました。お紗世さんの背後におられるお方はよほど大物なんでしょうかね、芳野楼を一使用人の遣手が買い取ろうなんて滅多にないことでございましょう」

問答の間に宵が迫り、庭に立つ紗世の顔もだんだんと見えなくなっていた。

「七代目がどうなったのか訊かないのかえ、新入り」

紗世が不意に言い、懐に手を突っ込んだ。

「やはり四郎兵衛様を勾引しているのはそなた方ですか」

「私に手を出すと四郎兵衛の命はないと思いな」

と懐から手を抜くと、ぽーん、と座敷に立つふたりの足元になにかを投げた。

「あぁー」

と澄乃が悲鳴を漏らした。

白髪交じりの髷は四郎兵衛のそれと思えた。

「紗世、てめえ、七代目の四郎兵衛を殺したか」

桑平市松が質した。

「旦那、最前の私の話を聞いてなかったかえ。私に手を出すと四郎兵衛の命はないとね。まだ生かしているよ」

「信じてようございますね」

と澄乃が念を押した。

「ああ」

と返事をした紗世が、

「文箱と四郎兵衛の身柄を交換するよ。文箱は吉原会所の頭取の座敷の文机の引き出しに入っているそうな。いいか、二日後、この隠居所に澄乃、おまえひとりが持参しな」

と言い残して闇に消えようとした。

「待って、もうひとつ知りたいわ。あなたが誘った遣手と女衆のふたり、八女屋のおしげさんと松亀楼のおひろさんはどうなったの」

「あのふたりね、私が考えたより大したタマではなかったね。ふたりが知ることは聞き出したし、とっくの昔に三途の川を渡っているよ」

と非情な言葉を吐き捨てると姿を消した。

身代わりの左吉は紗世を尾行するために姿を隠していたと、そうふたりは察していた。だが、紗世ひとりが四郎兵衛の隠居所を見張っていたのではない、と桑平も澄乃も承知していた。

澄乃が四郎兵衛のものと思える髷の傍らに両膝をついてしゃがみ、桑平が行灯をその近くに運んできた。

「髷だな、どうだ、四郎兵衛の髷と思えるか」

「いつもはきちんと結い上げておられます。されど勾引されて日にちも過ぎ、髷も乱れておられましょうから、はっきりと四郎兵衛様の髷とは言い切れませんが、紗世の言葉を考えると」

「四郎兵衛の髷と考えたほうがいいな」

「と思えます」

澄乃の考えに桑平が首肯した。

澄乃が吉原の大門を潜ったとき、五つの頃合いだった。

疫病神の伝吉の長屋を改めて訪ねてみたがすでに引っ越していた。長屋の住人も差配も知らないうちにだ。

「おお、澄乃さんよ、三浦屋の旦那と番方がおまえを奥座敷で待ってなさるぜ」

と金次が言った。

頷き返した澄乃が、蚊やりの煙が流れてくる腰高障子が開け放たれた戸口から覗くと、煙の向こうに遠助が寝ていて、尻尾を弱々し気に振った。

「遠助、もう少し待っていてね。御用が済んだら夜廻りにいっしょに行こう」

と言い残して奥座敷に向かった。

「遅くなりました」

と許しをふたりに乞うた澄乃は、

「四郎兵衛様の文机の引き出しに文箱が入っていましょうか」

「いきなりなんだ、澄乃、文箱は七代目しか触れないのはおめえも分かっていよう」

と険しい顔で応じた仙右衛門に三浦屋四郎左衛門が、

「番方、澄乃の言葉は曰くがあってのことのようです。調べてみてはどうですか」

と忠言した。

へえ、と返事をした仙右衛門が文机の引き出しを引き開けたが、文箱などなかった。なにより文箱が入るほど大きな引き出しではなかった。

それを確かめた澄乃が懐から懐紙に包んだものをふたりの前に置き、それをそっと開きながら、

「芳野楼の遺手だった紗世が言うには四郎兵衛様の髷だそうです」

「な、なにっ」

と番方が狼狽の声を上げた。

澄乃が小梅村の四郎兵衛の隠居所で見聞したことの一切を淡々と告げた。

「文箱とは芳野楼の遺手部屋にあったものをお針のぬいが『妾長屋』のお花に渡した、例の文箱ですな」

四郎左衛門が澄乃に質した。

「いかにもさようです」

「四郎兵衛様の命がかかった文箱だぜ」

「番方、同時にこの吉原の命運がかかった文箱でもあります」

と四郎左衛門が応じたとき、引手茶屋山口巴屋から汀女が姿を見せた。

「玉藻さんの加減はどうですかえ」

「父御が行方を絶たれて十数日も経ったのです。いいわけはありません。今晩から私が隣に寝泊まりしようと思いますが、四郎左衛門様、番方、いかがでしょうか」

玉藻は父親の四郎兵衛の行方知れずにひどい衝撃を受けていた。ために汀女は柘榴の家に夜は帰っていたが、一日の大半を浅草並木町の料理茶屋と吉原の引手茶屋、ふたつの山口巴屋を行き来して玉藻を助けていた。

「いや、それはよいお考えです。ここで玉藻さんに倒れられたらどうしようもございませんでな。柘榴の家にはうちの衆を泊まりに行かせましょう」

と四郎左衛門が言った。

「有難うございます」

と答えた汀女の眼差しが懐紙の髷に向けられた。

「澄乃さんや、もう一度汀女先生に髷にまつわる経緯を話してくれませんか」

四郎左衛門の願いに澄乃が手際よく話を繰り返した。聞き終えた汀女が、

「あまりこの髷に私どもが惑わされてもなりますまい」

と言って髷をふたたび懐紙に丁寧に包み込んだ。

「この髷、玉藻様に見せてはなりません。それでなくとも玉古(たまこ)様を産んだばかりの玉藻様は、四郎兵衛様の行方不明で心身ともに疲れ切っておられます」

「どうしますかな」

「四郎兵衛様が紗世に、文箱が吉原会所の文机の引き出しに入っていると言ったのは、時を稼ぐためでしょうかね」

「そうとも思えます」

と仙右衛門が答え、

「どなたか、文箱のある場所をご存じございませんか」

汀女は四郎兵衛が信頼する三人に訊いたが、皆首を横に振った。

「玉藻様と正三郎(しょうざぶろう)様には訊けません。ですが、七代目が会所の御用を娘御の玉藻様に託すことはございますまいな、番方」

「汀女先生、会所の仕事をあのふたりに頼むことはありませんな」

と仙右衛門が応じた。

「番方、どこに文箱はあると思われますか」

「行方知れずになった折りに文箱は携えておられなかったのはたしかです」

「吉原の命運を決する文箱を託す人か場所があるとしたら、この吉原会所のうちにございましょう。苦しいお立場にあるはずの四郎兵衛様が文机と応じられたのには、どのような意味があるのでしょうか」

汀女の問いに答えられる者はだれひとりとしていなかった。

「髷はどう致しましょう」

「明晩まで私が身に携えております」

と澄乃が汀女に答えた。

四郎左衛門と番方が頼むといった表情で頷いた。

汀女と澄乃はいったん柘榴の家に戻ることにした。

当分、汀女は玉藻の傍らに控えていようと思い、着替えなどを取りに戻ろうとしていた。番方が澄乃に、

「汀女先生の柘榴の家の行き帰りの供をしねえ」

と命じた。

汀女にはおあき独りを柘榴の家に残す懸念もあった。それに対して四郎左衛門が、三浦屋の男衆と女衆をひとりずつ当座寝泊まりさせることを約定してくれた。そのこともおあきに告げておきたかった。

「汀女先生、四郎兵衛様は戻ってこられますよね」

澄乃の直截(ちょくせつ)な問いに汀女は即答できなかった。長い間があって、

「そうあることをだれもが念じております。こたびの敵は最強です。上様の近習(きんじゅ)中の近習、どなたにも手が出せませぬ」

「佐渡の山師荒海屋なんとかではございませんので」

「荒海屋金左衛門は、上様御側御用取次朝比奈様の傀儡とみております」

「かいらいとはくぐつ、操り人形のことですね」

「いかにもさようです」

「吉原は公方様の近習に乗っ取られますか」

澄乃の問いに汀女も答えられなかった。その代わり、

「なんとしても四郎兵衛様に生きて吉原会所に戻ってもらうことが反撃の第一歩ですがね」

ふたりの脳裏に京にいる幹次郎のことが期せずして浮かんでいた。だが、頼りにするには京はあまりにも江戸から遠すぎた。

汀女は、

「どうやら紗世の文箱がこたびの騒ぎの命運を握っていることはたしかです。四郎兵衛様は、その書付をどう使われようと考えておられたか」

と自問するように呟いた。

ふたりの帰宅の気配に気づいた地蔵が、わんわんと柘榴の家の庭から吠えた。仔犬の鳴き声だったのが、だんだんと成犬のそれのようになっていた。

「汀女先生、吠え声がいつもと違う気がしませんか」

と澄乃が言った。すると柘榴の家の閉じられた門内に地蔵といっしょに吉原の火の番小屋の番太の新之助が出てきた。

「あら、留守番をしていてくれたの」

「おあきさん独りでは不安だろうが」

「新之助さんたら、女衆にそんなに親切だった」

「澄乃さんは男なんて屁でもないものな」

と笑いかけた新之助が、

「冗談よ、澄乃さん、おまえさんに聞いてほしい話があるんだ」

と険しい口調に変えた。

「私がいてはダメな話かしら」

「汀女先生も大いに関わりがある話さ」

と新之助が言い、柘榴の家の格子門を開いた。

## 三

京・山鉾町。

ゆるゆると祇園御霊会の祭礼と神事は日を重ねていた。江戸から来たふたりの男女は、初めて見聞する祇園会の歴史と規模に驚かされながらも毎日楽しんでいた。

旧暦六月七日（現在では七月十七日）朝。

四条烏丸の長刀鉾を先頭に五つ半（午前九時）、音頭取りの、

「ヨーイヨーイ、エンヤラヤー」

との掛け声が京の町に響き渡り、各町内の山鉾の巡行が始まった。

舞妓のおことの案内で長刀鉾の巡行を加門麻は見物に来ていた。

山鉾巡行の見物には洛中の人々ばかりか洛外、近郷近在から大勢の人々が集い、なんとも晴れがましい。

これまで麻は、江戸でも祭礼をまともに見たことがなかった。実家は没落して娘を吉原の遊女に売るような落ちぶれた旗本、祭礼に立ち会うことなどありえなかった。

「おことはん、祭日和でようございました」

上気した麻が江戸と京の言葉が混じった表現で言った。

「麻様、四条麩屋町に行きますえ」

曳かれていき始めた長刀鉾を見ながらおことが言った。そんな鉾舞台から、

「コンチキチン、コンチキチン」

祇園囃子が聞こえてきた。

するとおことがちらりと長刀鉾の鉾舞台を見て悔し気な眼差しをした。

「なにかありますのん」

麻はその理由に思い当たっていたが、それには触れず質した。

「注連縄切りどす。山鉾巡行のいちばんの見せ場なんどす。その前にな、四条堺町で巡行の順番が守られているか確かめる籤改めがあります。けどうちの山鉾は籤取らず、ここはよろし。いつも一番手よってな、籤改めはかたちばかりどす」

と長刀鉾の祇園囃子の一員のおことが最前の表情を消して言った。

おことの案内で麻は、四条麩屋町に渡された斎竹に注連縄の張られた場の前に先行して立つことができた。氏子で長刀鉾と関わりがなければできない相談だった。

麻の視界に、常に一番に誇らしげに進んでくる長刀鉾の真木の天辺に平安期の刀鍛冶三条小鍛冶宗近が娘の病の平癒(へいゆ)を祈って鍛(きた)えた長刀がつけられているのが見えた。

「麻様、長刀鉾の刃はな、巡行の折りは、御所に刃が向かんように南向きに付けられてますんや」

「どうしてどす」

「京の者にとって天子はんは、江戸の公方はんより大事なお方どす。長刀鉾の刃を御所に向けられまへん」

麻はやはり京は江戸と違うと感心しながら近づく長刀鉾を見た。

「なんとも立派な鉾どすな」

「音頭取りの男衆ふたりがそれぞれ『長』と書かれた白扇子を持って並んで立ってはるな。音頭取りの合図で鉾は動き、止まり、『辻廻し』が行われます。麻様、音頭取りの後ろの前懸(まえがけ)を見てみなはれ。ペルシャたらいう異国からもたらされた花模様の絨毯、段通(だんつう)どす、きれいどっしゃろ」

「美しゅうおす」

麻の視線が鳳凰(ほうおう)の飾り冠をかぶった稚児に向けられた。

顔を白塗りにした、黄金色の錦の装束の稚児はなんとも愛らしかった。禿(かむろ)をふたり従えていた。

「おことはん、女は稚児はんにもなれしまへんのか」

「なれまへん。他の鉾では女衆も鉾舞台に上がれます。けど籤取らずのうちの鉾は鉾舞台にも女は乗れしまへんな、うちらは二階囃子だけや。祭礼のコンチキチンの囃子方は男衆ばかりどす。うち、一度でええから鉾舞台でコンチキチンと鉦が叩きとうおす」

おことがふたたび悔しげな顔で言った。

「それにな、生稚児はんに選ばれるのんは、町内でも分限者のお子やないとできしまへん。長刀鉾の生稚児になるのんには、ひと財産いるんどす。舞妓になるのんとはえらい違いどす」

「ひと財産どすか」

「はい、稚児を務める家は、代々の誉れどす」

長刀鉾が四条麩屋町の辻に差しかかった。

鉾の前には斎竹と斎竹の間に注連縄が張られていた。

裃姿の男衆が注連縄を塩で清めていく。

鉾が止まり、清められた注連縄の前に公儀方と思しき武士が立ち、腰の太刀を抜いて振りかぶった。すると、見物衆が静まり返った。その直後、無音の気合いとともに注連縄を鮮やかに両断した。

その瞬間、四条麩屋町の辻の見物の衆から、
わあっ
という歓声が湧き、続いて拍手が沸き起こった。

麻もおことも拍手に加わった。

その折り、麻は鴨川を挟んで左岸の祇園界隈の神事が、右岸の山鉾町の祭礼と異なることを注連縄で示しているのかと思った。その注連縄を武家方が切ったために神事と祭礼の結界が一体化したのだと、勝手に思った。

ふたたび長刀鉾が動き出した。

「こんどは寺町の辻や」

おことが麻の手を引いた。

山鉾巡行の日、おことは長刀鉾の囃子方の浴衣を着ていた。舞妓のおことが町娘のおことに変わり、麻に祇園会の祭礼を見せようとしていた。

「おことはん、寺町の辻ではなにが見られますんや」

「四条寺町の辻で行われるのは『辻廻し』や。長刀鉾は祇園社に向かって東へ進んでますな。参詣橋の手前の四条寺町の辻で右に曲がって南に向かいますんや」

「鉾は四条の橋を渡って祇園には行きまへんのか」

「行きまへん。山鉾の巡行は鴨川のこちら側だけどす。けど祇園感神院の神輿はこちら側の御旅所に七日間お泊まりになります」

武士が注連縄切りをしたとはいえ、神事と祭礼は一体化しないものらしい。

「あのな、麻様、無言詣（むごんもうで）のことはこないだ話しましたな」

「無言詣、どすか。お聞きしましたえ」

「御旅所に神輿がおられる時節にな、毎日四条橋の鳥居際から御旅所にな、だれとも口を利かんと神輿はんに七日間お参りするのどす。すると願いごとが叶うと先達の芸妓はんに教えられましたわ。うちはお喋りどす、できへんわ」

とおことが苦笑いした。

「うちもおことはんに会（お）うたら口を利きそうや。けど、やってみようと思うとるんえ」

と笑った麻は、

「最前の話に戻しますけど、辻を曲がるんが見世物どすか」

と問うてみた。

「あの大きな山鉾が四条通から寺町通に曲がるんはそれは見物ですえ」

おことに言われて麻は鉾が前に進むだけではないことを知った。

「えらいことや」

「いかにもえらいこっちゃ」

長刀鉾が四条寺町の辻に差しかかり、男衆の間に緊張が走った。

「麻様、鉾の高さはどれほどあると思わはる」

麻は辻に止まり、なぜか男衆たちが木製の車輪の下に割竹を敷き始めたのを訝しく思いながら長刀の鋩(きつさき)を眺め上げた。

「うーん」

と麻には見当のつかぬほど高かった。

「高さはな、およそ十四間(約二十五メートル)、目方は二千百三十三貫(かん)(約八トン)や。高い上に重い鉾が曲がるんは大変やと思いまへんか」

「やはりえらいこっちゃ」

「見てみいな、舁方(かきかた)衆が青竹の割竹を車輪の下に敷きつめてはるやろ。あれが東から南へ曲がる秘密どす」

おことが説明するところに男衆が長刀鉾の前方に取りつき、押す者、縄で引く者と力を合わせると大きな木製の車輪が割竹の上で滑り始めた。

「なんということかしら、魂消たわ」

と麻が思わず驚きの声を江戸言葉で上げた。

高くて重い長刀鉾が少しずつ角度を変えるたびに大きな歓声と鼓舞する声が四条寺町の辻に響きわたり、鉾はゆっくりと南向きに方向を転じた。


この日の昼下がり、継裃姿の神守幹次郎は祇園感神院の祇園会神幸祭のために本殿西側にいた。山鉾が巡行を終えて各町内に戻りついた八つの頃合いだ。

祇園町人の総代の祇園旦那衆の四人も白麻紋付袴姿、神宝捧持の神宝組は烏帽子(えぼし)狩衣姿だ。衣装には、

「蘇民将来子孫也(そみんしょうらいのしそんなり)」

の捻(ひね)り守をつけた榊が袴の右腰や烏帽子の紐に結(ゆ)わえつけられていた。

さらには三基の神輿渡御を担う輿丁たちもすでに集い、参拝客も集まり始めた。

幹次郎は一力次郎右衛門ら四人になった旦那衆に呼ばれた。

「神守様、いよいよ祇園御霊会の本祭どす。ご存じのように神輿にお神様がお乗りになってます。なにごともなきように加護をお願い申します」

と次郎右衛門に命じられた。

「はっ、全身全霊(ぜんしんぜんれい)を尽くしまする」

と幹次郎が応じるほど厳かな雰囲気が境内を支配していた。幹次郎の継裃の襟に捻り守をつけた榊を三井与左衛門が挿して、

「山鉾は各町内に戻りましたで」

と今朝がたから祇園感神院の境内に詰めていた幹次郎に告げた。

七つの刻限、神社での最高礼装の衣冠単姿の宮司以下がご神座正面の拝殿に座された。また本殿西ノ間の東に神社総代の旦那衆らが座を占め、西側にはのちに宮本組と呼ばれるようになるお宮の本、祇園町人の幹部連が座についた。

祇園社を離れて川向こうの御旅所に向かう神輿渡御が宮司の祝詞にて奉告された。神事を象徴する神輿渡御に参列する全員が緊張に包まれていることが分かる。

長い神事の最後に、内陣から取り出された「勅板」が権宮司の手で改めて左応家に渡されて神事は終わった。「勅板」は神輿渡御の行列の中央に掲げて、祇園御霊会の意義と正当性を示すものだ。

神紋入りの真新しい継裃姿の幹次郎は「勅板」の傍らに控えた。

夕暮れ前、本殿西ノ間からご神宝が次々に運び出され、南の楼門を出ると、続いて三基の神輿が舞殿の周りを三周して発輿した。

輿丁頭の吉之助が幹次郎に寄ってきて、

「神守様、いよいよ神輿渡御や、頼みますで」

と短い言葉をかけた。

幹次郎は吉之助の顔を正視して無言で頷いた。もはや両者は互いを信頼し、役目を理解していた。

馬に乗った久世駒形稚児が先行する中御座神輿が動くと同時に触れ太鼓が打たれ、神宝行列が東大路に姿を見せた。

中御座の行列には先導の祇園町人、触れ太鼓、騎馬武者、高張提灯に勅板、楽人、御矛、御楯、御弓、御矢、御剣、御琴らが続き、幹次郎は勅板の傍らにぴったりと控えて辺りに気を配った。

祇園社西楼門石段下、四条通と東大路の三叉路で三基の神輿が集合し、千人を優に超える白装束の若衆が、神輿を「差し上げ」、「差し回し」する光景は、迫力に満ちていた。

華やかな色彩に包まれる山鉾巡行は、異国情緒と祇園囃子の調べが加わり、絵画的な祭礼の賑わいを見物人に感じさせるのだが、それとは違い、白一色の若い衆の衣装の中に黄金色の神輿が舞う神輿渡御はなんとも素朴で、遠い昔からの伝承を思わせるとともに荘厳さに包まれてあった。

錦絵と墨絵の違いか、鴨川の両岸が対照的な色合いに染め分けられて、祇園会の神随と享楽の極みがあった。

かつて神輿三基はそろって四条通を西に進み、四条寺町の御旅所に向かった。

これが本来の祇園感神院の神輿渡御の道筋であったが、天正十九年（一五九一）、豊臣秀吉の御土居建造により四条の祇園口が封じられたために三条大橋へと迂回した。だが、慶長六年（一六〇一）に御土居は切り崩されて祇園口が開放され、もとの四条の橋を通る道筋へと戻った。

この四条には鴨川を渡る大橋が架けられておらず、人が歩いて渡る程度の橋であったそうな。されど祇園会の祭礼の間には祇園社の講中の材木座商人が毎年、神輿渡御のためにこの時期だけ浮橋を架けた。

だが、鴨川は暴れ川であり、増水の折り、神輿は三条大橋に回った。この三条大橋渡りが好評で、中御座の神輿は四条通を西に向かい、鴨川の左岸の縄手通を北へと曲がり、三条大橋で鴨川を渡って木屋町通を北に上がり、四条寺町の祇園感神院の御旅所へと渡御していく。そして東御座、西御座の神輿二基は中御座とは渡御の道筋を変えつつ、御旅所へ辿りつくのだ。

幹次郎は、ぴたりと勅板の傍らに同道して不敬をなす者はいないかと気を配りつつ歩いていた。

氏子の人々が神輿を拝礼するのを見ながら、昨夜、別れ際、麻が告げた言葉を思い出していた。


「幹どの、江戸が気がかりではございませぬか」

「なんぞ気がかりがあるか、麻」

と幹次郎は尋ね返した。

「いえ、気がかりと申しても、漠とした不安にございます」

「それがし、明日の神幸祭が案じられてな、江戸のことを案ずる余裕がなかった。麻を気がかりにさせるのは柘榴の家、わが身内か」

「柘榴の家ではなさそうな」

「では、吉原のことか」

しばし無言を通した麻がこくりと頷いた。

幹次郎は、吉原へ想いを集中しようとしたが、格別な懸念は生じなかった。というより京の神事を無事に終えることで頭がいっぱいであった。

「幹どの、明晩から御旅所にお泊まりになりますそうな」

と麻が話柄を変えた。

「神輿にお神様がお遷りになっておるのだ。それがしは明日から七夜、三基の神輿とともに寝食を致す所存じゃ」

「幹どのは無言詣を承知どすか」

とまた話を転じた。

「なに、無言詣とな、知らぬな」

「舞妓のおことはんに聞いたことどす。四条の橋際の鳥居から神輿が遷座する御旅所まで七日の間、だれとも口を利かんと、毎日神輿にお参りすると願いが叶うそうどす。うち、明晩から毎日神輿に拝礼に参じます。幹どの、決して麻に話しかけんといておくれやす」

「なんとそれが無言詣か、京にはあれこれと習わしがあるな。吉原を見舞う禍が消えるならば無言詣もよかろう」

幹次郎が御旅所で麻に会っても声をかけないことを約定した。

「神守様、最前からなにを考えてはるんや」

勅板を捧げ持つ左応清隆(きよたか)が幹次郎に声をかけてきた。左応家は切通しの料理屋でもある。ゆえに気さくな人柄と、最初に会ったときから幹次郎は思っていた。

「迂闊(うかつ)にもそれがし、茫然としておりましたか」

「違います。神守様、つねに巡行を見張っておいでやした。けどな、なんとのう、なにか考えごとをしている風でな、声をかけてしまいましたんや」

「正直、昨夕、義妹から聞いた無言詣のことを思い出しておりました」

「ほうほう、無言詣な、麻はんやったな、義妹はんは」

「いかにも加門麻にございます」

と応じた幹次郎は麻から聞いた不安を告げた。

「江戸の吉原にもあれこれと差し障りがおますか。はてな、無言詣はな、舞妓はんや芸妓はんの間に流行っとると聞いたことがおます。江戸の花街の差し障りが義妹はんの無言詣で消えるといいんやけどな」

左応が女子どもの遊びやという風に漏らした。そこで、

「ご神宝の中でも格別な『勅板』を捧持するのは気遣いの多いことでござろうな」

と幹次郎が話柄を変えた。

「八百年も前の円融天皇はんのご縁の御板はんやけど、あれこれ考えてたら商い

もできしまへん。うちは祇園会の間、無心に『勅板』を奉じて神事を楽しませてもろうてます」

その瞬間、中御座か勅板か、あるいは他のご神宝かを凝視する眼差しを幹次郎は感じた。やはり禁裏と薩摩の連合軍は、そう容易く諦めてはおらぬと、幹次郎は気を引き締めた。が、少なくとも四条寺町の御旅所までは無事に到着し、三基の神輿がそれぞれ御旅所に鎮座した。

江戸・吉原。

吉原会所で三浦屋四郎左衛門は、町名主四人と対面していた。

江戸二の相模屋伸之助、京二の喜扇楼正右衛門、揚屋町の常陸屋久六、伏見町の壱刻楼蓑助だ。この中で前記の三人は、神守幹次郎が八代目の吉原会所の頭取に就くことに賛意を示し、壱刻楼蓑助のみが当初反対したが、のちに賛成に回っていた。

「三浦屋さん、妙な噂が廓の中に流れていますのを承知かな」

「なんでございましょうな」

「会所の七代目の四郎兵衛さんは病などではない、だれぞに勾引されているという噂でございます。真のところはどうですな」

ふうっ
と思わず同席していた仙右衛門が息を吐いた。

「番方、その吐息はなんですな」

と江戸二の相模屋伸之助が詰問した。

仙右衛門が四郎左衛門の顔を見た。

「ここにおられるお方は町名主にして仲間ですな。とあるお方が八代目頭取に就任することに一度は賛成なされた」

「いかにもさようです」

と京二の喜扇楼正右衛門が膝を詰めた。

「番方、お話しするしか手立てはございますまい」

四郎左衛門の問いに仙右衛門も頷かざるを得なかった。

「長い話になりますぞ」

と前置きした三浦屋四郎左衛門が話を始めた。

## 四

京・祇園。

麻は言葉どおり夜分に四条寺町の祇園感神院の御旅所に拝礼に来た。むろん神輿の傍らに控える幹次郎とは視線を交わしたが口を利くことはなく、麻は両手を長いこと合わせていた。

幹次郎は四条寺町の御旅所の三基の神輿の傍らで日々を過ごすようになって、祇園と商家の多い山鉾町との違いに気づいた。むろん同じ祇園感神院の氏子、講中であるのだが、祇園は花街ゆえ、なんとなく艶っぽい色気を感じた。一方、山鉾を中心に纏まった町内はどんな大火や災害に遭って鉾が焼失してもすぐに再建に挑むのにふさわしい力強さがあった。

その日、舞妓のおことも姉さん株の芸妓と御旅所にお参りに来たが、ふたりは無言詣をしていないらしく、

「神守様、どないどす、こちら側で時を過ごすのんは」

とおことが問うた。

「鉾を中心に祇園町人の衆とは気概が違うようだな、どこがどう違うと問われても
それがしには説明はできぬがな」

「四条の橋向こうとこっちはな、ちゃうやろな」

と姉さん株の芸妓が言い、質した。

「麻様、無言詣をしてはるんやな」

「なんぞ願いごとがあるようで、こちらでそれがしに会うてもちらりと見るだけで口は利いてくれぬな」

「願いごとはなんだっしゃろ」

とおことが首を傾げた。

「京のことではあるまい。江戸のことを案じているように思う」

「江戸、どすか」

ふたりの考えとは違ったらしく訝しい顔を見せた。

「遊里の吉原にはわれらが京へ修業に来る以前から難儀が見舞っていたのだ」

「えっ、吉原に厄介が降りかかっておましたか」

「そうなのだ」

「神守様と麻様がこの京に来て留守をしてはるさかい、いよいよ難儀がひどうな

ったんとちゃいますか」

「分からぬ。われらは、どのような難儀が降りかかろうと、わずか一年だが京修業を全うする覚悟で出て参った。途中で江戸に帰るわけにはいかんでな」

「神守様と麻様がいま祇園から抜けたら京が困りますえ」

と姉さん株の芸妓が言い、

「麻様はよう頑張ってはる」

「そや、うちらには真似できへん」

とおことが応じた。

ふたりが御旅所から姿を消したあと、輿丁頭の吉之助が、

「あとひと晩になりましたな。いまんところ神守様が頑張っていはるさかい、なんの差し障りもおへんな」

「このまま恙なく還幸祭を迎えとうござるな。吉之助どの」

「へえ、後の神輿洗をしたらすっきりやな。そやけど、神守様、この祇園会の緊張があるさかい、わてら、一年を生きていけるんどす」

幹次郎が幾たびも首肯し、

「三基の神輿は四条通を祇園感神院までまっすぐに四条の浮橋を渡って戻ると聞

きましたがさようかな」

「さようどす、ただ途中、又旅社にお参りしていきます」

「又旅社、にござるか」

「三条黒門の傍らの三条御供社どす、オハケ神事が行われるんや。祇園会は、いにしえに神泉苑に神輿を据えたんが基となって始まりました。そんなわけでこちらの御旅所からの戻りに神泉苑に挨拶に立ち寄ります。ほんで又旅社と呼びます」

と吉之助が言った。

「ともかく今夜ひと晩神輿を護らせていただく所存」

「頼みます、明日顔を出しますよってな」

と吉之助が言い残して御旅所から姿を消した。

その夜中、麻が最後の無言詣に姿を見せて、いつも以上に長い拝礼を済ませて幹次郎に微笑みを残すと、祇園の一力へと戻っていった。

幹次郎は神輿の傍らで徹宵することにしていた。ために輿丁衆がいる夜四つ（午後十時）の刻限まで神輿の裏手にある控え部屋で仮眠を取った。が、その夜、幹次郎の姿は深夜の九つが過ぎても神輿の傍らに見えなかった。

若い輿丁衆が三人、なんとなく不安げに神輿を見守っていた。もはや御旅所にお参りに来る人の姿はなかった。

九つ半（午前一時）、御旅所の中御座の前に着古した薩摩木綿で背丈五尺三寸のがっしりとした五体を包んだ蓬髪（ほうはつ）の下士がすっと立った。

半分居眠りしかけていた輿丁のひとりが、

「お参りどすか」

と寝ぼけ眼（まなこ）で問うた。

男の視線が中御座の前にある錦の古裂（こぎれ）に包まれた「勅板」に向けられた。祇園御霊会の発祥、円融天皇にゆかりの御板だ。男は、京の生まれの若い輿丁には理解のできぬ薩摩言葉でなにごとか告げると、つかつかと「勅板」に近づいて鷲摑（わしづか）みにしようとした。

「なにすんねん、祇園会の神宝『勅板』やがな」

と輿丁が立ち塞がろうとした。

薩摩拵えの刀の柄に下士の手がかかり、くるりと回した。上に向けられていた刃が下刃に変わった。そして、一気に引き抜こうとした。薩摩の流儀、示現流と思えた。

「待ちなされ、北郷弥之助どの」

北郷弥之助の背後から声がかかった。

「なにをなしたところでそなたは使い捨ての身ということが分からぬか」

神守幹次郎の手には木刀があった。

輿丁に向かっていた北郷がくるりと幹次郎を振り向くと、

「なんがあー」

と意味不明な叫び声を吐いて一気に間合を詰めて薩摩拵えの粗末な刀を抜き打った。

同時に幹次郎も踏み込んで、木刀で北郷弥之助の喉元を狙った。

抜き打たれた薩摩拵えの刀が幹次郎の胴から胸へと奔り、幹次郎の木刀の突きが北郷弥之助の喉元を襲った。

若い輿丁たちが、

「嗚呼ー」

と絶叫した。

寸毫早く幹次郎の突きが決まり、がっちりとした北郷弥之助の体が御旅所の土間に叩きつけられて気を失った。

沈黙が祇園感神院の神輿三基がこの年の最後の夜を過ごす御旅所を支配した。

しばし間を置いた幹次郎が、

「すまぬが祇園の会所に走り、輿丁頭の吉之助どのを呼んできてもらえぬか」

「か、神守様、この者、だ、だれや」

「頭は承知であろう、何者かな」

輿丁の一番の若手五郎次が御旅所を飛び出していった。

幹次郎は北郷弥之助の手から飛んだ薩摩拵えの抜身を腰から抜いた鞘に納め、残った輿丁に命じて高手小手に縛り上げさせた。そして、口にも轡を噛ませた。自裁することを避けるためだ。

幹次郎は中御座、東御座、西御座と順に拝礼をして、神様が遷座された神輿に、

(恙なく夏越祭を迎えさせてくだされ)

と神事と祭礼が無事に済んだことを神に感謝する奉告祭に続く終わりの神事の斎行を願って祈った。

「神守様」

輿丁頭の吉之助らが御旅所に飛び込んできて、縛られた北郷弥之助に険しい眼を向けて、

「神守様、こ、こやつどすか。『御神霊還し』の前に神輿を薩摩っぽの手で汚されたらたまったもんやおへん」

と叫んだ。

「吉之助どの、又旅社にお参りして祇園社の神輿蔵にお戻りになるまで、なんとしてもお護りしますでな」

「神守様がいてよかったわ、お事多(ことう)さんどした」

とようやく気持ちが落ち着いた吉之助が、

「こやつ、どないしましょ」

「鴨川の河原にでも運んで放置してきませぬか。この者に運があれば、なんとか生きていけるでしょう」

「薩摩屋敷にしくじりが知られたらどないなります」

「まず命はありますまい」

「大事(おおごと)や」

と応じた吉之助が、

「聞いたやろ、鴨川に転がしておきなはれ」

と若い輿丁衆に命じた。

「その折り、縛めを切ってな、口に噛ませた轡も外してくだされ。刀もその辺りに転がしておいてやりなされ」

「神守様、刀もこやつに戻しますんか」

「薩摩の下士がこれから生きていくには、刀は大事です。もはや御旅所の『勅板』を奪い取ろうなんて考えはしますまい。それより命じられた務めをしくじったのです。この者は己の命を守っていかずばなりますまい。刀は要ります」

御旅所にあった三基の神輿は三条黒門にある三条御供社で、

「又旅社オハケ神事」

を行ったあと、祇園感神院に戻り、神輿蔵に納まった。それを見届けた幹次郎は一力に向かった。

神輿が神輿蔵に納まった日の夕暮れ、幹次郎は一力茶屋を勝手口から訪れた。

一力の女衆が、

「神守様、また勝手口からお出でどすか」

と質した。

「神輿洗まで大事の神事はあるまい。明日からまたいつもの暮らしに戻すでな、それがしにとっての一力の入り口はこの勝手口じゃ」

という声を聞きつけた麻が顔を出した。

「麻、願いは叶うたか」

「それがうっかりと口を利いてしまいましたんや」

「どういうことだ」

「四条の橋の手前で下駄の鼻緒を切らはったお婆様が困っておいでで、うちの手拭いを裂いて挿げ替えましたんや。そしたらな、お婆様がうちになにがしか銭を渡そうとなされるので、つい『お婆様、大したことやおへん、おあしを頂戴することはあらへん』と口を利いてしもうたんどす」

「善行をなして無言詣の願掛けは破れたか。致し方ない仕儀じゃな」

「幹どの、帳場にお越しやす。三井の与左衛門様もおいでどす」

「なんぞ御用かのう」

「いいえ、昨日、幹どのが神輿を護った行いのことで盛り上がっておられます」

「それがそれがしの務めじゃでな」

と言いながら帳場座敷に向かった。

江戸・吉原。

険しい日々が過ぎていた。

四郎兵衛が行方を絶ってふた月が過ぎ、八朔(はっさく)の宵を迎えた。

仲之町を遊女たちが白無垢(しろむく)姿で花魁道中(どうちゅう)をする夜が更けていき、いつも以上に泊まり客がいた。

鉄漿溝(おはぐろどぶ)で囲まれた吉原のただひとつの出入り口の大門は板葺きの屋根がついた黒塗りの冠木(かぶき)門で、老舗の引手茶屋や大籬の妓楼に比べても質素といえた。

官許の象徴といえる大門は、公には四つに閉じられる。だが、夜見世の商いの閉門が四つでは短すぎた。そこで「引け四つ」と称する九つまで開けておく習わしに定着していた。この「引け四つ」のために吉原は公儀の筋に莫大な金銭を支払っていた。そして、二刻(四時間)後の未明にふたたび大門が開けられた。

馴染の遊女と一夜をともにした馴染客が仕事前にお店に帰るために未明に開けておくのだ。

この朝、このところ吉原会所に泊まり込みの若い衆金次が大門を内側から開けようとして、いつもと違う重さに、

「なんだよ、重いじゃねえか」

と通用口を開けて閉じられた大門の表を覗いた。

仲秋が始まったばかりの時節だ。まだ薄暗かった。

金次は寝ぼけ眼で大門を見て身を竦めた。両開きの大門になにかがぶら下げられていた。

「だれがいたずらしやがったか」

と近づいた金次は地面から一尺五寸（約四十五センチ）ほどのところに、にゅっと出た二本の足に気づき、息を呑んだ。

「に、人形か。だれだえ、いたずらなんぞしやがって」

五十間道の常夜灯の灯りで確かめ、人間の素足であることに悲鳴を上げかけて堪えた。ざんばら髪の人物の衣服をどこかで見かけたと思ったからだ。

「おい、金次、なにしているんだよ」

小頭の長吉が通用口から身を乗り出して質した。

「こ、小頭、し、七代目だ」

「なにを言ってんだよ。冗談にしても口にすることちゃねえ」

「いや、痩せこけておられるが四郎兵衛様だ」

「なんだと」

と通用口から飛び出してきた長吉が大門に吊り下げられた骸の顔を見て、ごくり、と息を呑み、

「な、なんてこった」

と吉原会所にこの夜も泊まっていた番方に告げるために通用口に飛び込んでいき、待合ノ辻に客がいないことを確かめた。

長吉から知らされた仙右衛門が血相を変えて大門前へと飛び出してきて、

「……」

と無言で立ち竦んだ。そこへ事情を長吉の言葉で知らされた澄乃が、

(まさか)

とは思いながらも四郎兵衛の御用部屋から袷を何枚か引っ摑んで大門に走った。

未だ茫然自失する男たちに、

「四郎兵衛様に間違いございませんか」

と質した。

仙右衛門ががくがくと頷くと、澄乃の声に平静を取り戻し、

「小頭、金次、縄を切って七代目を下ろしねえ。客に見せちゃならねえ」

と命じた。

四郎兵衛が行方を絶ち、もはや小梅村の隠居所で療養しているという言い訳は通じなくなっていた。そこで三浦屋四郎左衛門が町名主らに相談し、南北の両奉行に事情を告げていた。

町奉行にしても官許の遊里の吉原会所の頭取が行方知れずになっていることをどう始末すべきか、老中にこの事実を上げて相談しているところだった。

ともかく金次が縄を切り、澄乃が携えてきた袷を骸にかけて正体が分からないようにして吉原会所に運び込んだ。そして、大門がいつものように開かれた。

行灯の灯りで痩せこけた四郎兵衛の顔を確かめた仙右衛門が、

「玉藻さんに知られちゃならねえ、いいな。板の間に上げて屛風かなにかで七代目の骸を囲うんだ。長吉、月番は南に替わっていたな。南町奉行所に知らせねえ」

と小頭に命じた。小頭が頷くと会所から飛び出していった。

四郎兵衛が行方を絶って仙右衛門らは交替で吉原会所に泊まり込んでいた。そのお陰で四郎兵衛の骸を客に見せずに済んだ。

「澄乃、三浦屋の四郎左衛門様にひそかに告げてきねえ」

屏風で囲み終えて四郎兵衛の骸に合掌していた澄乃が、

「畏まりました」

と応じると静かに会所を出ていった。

仙右衛門は、

「畜生(ちくしょう)」

と小さな声で吐き捨てた。そして、自分たちの無力がなんとも情けなかった。

ふと思いついたのは、京の神守幹次郎ならばかようなとき、どう行動するかということだった。だが、幹次郎が江戸にいたならば、吉原会所の頭取を何者かに勾引されるなど、無様(ぶざま)な真似は避け得たろうということに思い至った。

仙右衛門は四郎兵衛の骸を御用座敷に運ばせようかと思ったが、町奉行所の調べが終わるまでそれもなるまいと思い、独り御用座敷に向かうと仏壇から線香を持って板の間に戻った。するとそこへ澄乃に案内された四郎左衛門が浴衣に羽織をひっかけて姿を見せた。

「四郎左衛門様、こちらへ」

と会所の板の間の奥の、屏風で囲んだ一角に四郎兵衛の信頼する総名主にして盟友(めいゆう)を案内した。

ぺたりと座った四郎左衛門が、有明行灯に照らされた蓬髪に痩せ衰えた四郎兵衛の顔を改めて、

「まさか四郎兵衛さんが」

と言った。四郎左衛門は死人の諦めの顔に笑みが浮かんでいるのを見た。その意を四郎左衛門は察した。

四郎兵衛はどのような拷問を受けても吉原の秘密は漏らさなかったのだ。ゆえに殺されたのだと。

(四郎兵衛さんや、わしも命をかけて吉原遊廓を守り抜いてみせる)

と心に誓った。

新たな騒ぎが始まった。

# 終章

神守幹次郎と麻は、初めての祇園御霊会を体験して、京の、神仏と花街の結びつきをわずかばかりだが見聞し、改めて悩みが生じた。

(江戸に戻って吉原をどう立て直すか)

ともあれ祇園感神院の祭礼が終わった京の町はどこか静まり返って見えた。神事と祭礼のあとはかように虚脱(きょだつ)するものか。祇園会のひと月が厳粛なる緊張に包まれていただけに、どことなく氏子の人々も魂が抜けた気持ちになっているように思われた。

幹次郎は祇園会前の暮らしに戻した。

夜明けに神輿蔵の前で半刻ほど五畿内摂津津田近江守助直を抜き打つ独り稽古をして、清水寺に上がり、羽毛田亮禅老師に倣って洛中に向かい、天明の大火のみならず彼岸(ひがん)に旅立たざるを得なかった人々を供養して読経した。

幹次郎はその未明突然目が覚めて、不安と恐怖に包まれた。

(なにがあったか)

あったとしたら京ではなく江戸だと思った。祇園会の催しのひとつ、無言詣で麻が願った想いとは、この不安と恐怖の前触れではなかったか。

(江戸で異変が起きた)

と確信した。

幹次郎は行灯の灯りで着替え、津田助直を携えて神輿蔵に下りた。

中御座の前で三基の神輿に拝礼した。

もはや神輿には祭神素戔嗚尊らはお遷りになってはいないことを祇園会の儀式を通じて承知していた。だが、幹次郎は神輿渡御の折りと同じ気持ちで神輿に接し、不安と恐怖、邪心を払うように津田助直を抜き打った。

いつもの朝よりも長く津田助直の刃に一心を込めて三祭神に奉献(ほうけん)した。

そして、清水寺へと向かいながら、江戸でなにがあったかは知らぬが、京修業の途中で抜けるわけにはいかぬ、と己に言い聞かせた。

京を訪れて半年が過ぎ、初めての仲秋半ばを迎えていた。残るは厳しい京の冬が幹次郎と加門麻を待ち受けていた。

吉原では四郎兵衛の実娘の玉藻にも娘婿の正三郎にも出来した悲劇を知らせることなくごく近しい仲間で四郎兵衛を菩提寺に仮葬した。だが、いつまでもこのままでは済まされるわけでないことを総名主の四郎左衛門は承知していた。そして、自らがすべての責めを負うことも覚悟した。

四郎兵衛の殺害は、即刻南北奉行所に伝えられた。

当然、町奉行を通じて老中に報告されたが、老中からなんの返答もなかった。そこで南町奉行池田筑後守長恵と北町奉行小田切土佐守直年の両奉行が合議し、ただ今の仮頭取の三浦屋四郎左衛門を当面の間、据え置くことにした。南北奉行ともにこの四郎兵衛の殺害に、家斉の御側御用取次の朝比奈義稙が関わっていることを察して、死の真相など糾明しないことを阿吽の呼吸で承知し、両奉行所内にその旨を徹底させた。

吉原の老舗の大見世が次々に売られて、身許も知らぬ男たちが妓楼の主に就いていた。

当然吉原の商いは衰退し、仮の頭取四郎左衛門らでは手の打ちようもなかった。

なんとか時節が過ぎるのを、京から神守幹次郎と加門麻が戻ってくるのを待っていた。

そんな折り、町奉行所を支配する老中より官許遊里吉原の抜本的な改革をなすか、官許の名を外すか、最後通告が吉原会所に届けられた。

厳しい冬が確実に過ぎていく。

南町奉行所定町廻り同心桑平市松も身代わりの左吉も迷っていた。四郎左衛門は会所の貯えを遣い、必死で本年末まで改革の結果を待ってほしいと願っていた。

そんな様子を察した桑平市松と左吉のふたりは吉原会所の仮頭取の三浦屋四郎左衛門に許しを得ず、京の神守幹次郎にこの半年余りの出来事を知りうるかぎり克明に書状を認め、最悪の異変を知らせた。

神守幹次郎はその書状を祇園社の神輿蔵で受け取った。文を抜き、茫然自失した。

（まさか七代目の四郎兵衛様が暗殺されようとは）

予想もしない出来事だった。

神輿蔵の一室で幹次郎は悩んだ、迷った。京滞在を終えるまでに、約定では少なくともあと数月あった。

幹次郎も麻もその気で京の花街の仕組みや習わしや商いのやり方を学んでいた。京には歌舞音曲の芸を売り物にする舞妓芸妓だけでなく身を売る娼妓もいないわけではなかった。だが、表立っては娼妓を売り物にしていなかった。

官許の遊里吉原も芸事で客を呼ぶことができるかどうか、幹次郎には未だ答えが見つけられないでいた。桑平同心と左吉のそれぞれの書状には、

「幹次郎の知る吉原は本年の大晦日に消えてなくなる」

との予測がはっきりと認められていた。

江戸に帰るとしたら、今動いても間に合うかどうか、ただ幹次郎が戻ったところで事が済むわけではなかった。まして麻を伴って帰るとなると日にちがかかる。

(どうしたものか)

幹次郎は思案の末に清水寺の老師羽毛田亮禅に会うことにした。

この日の夕べ、京から神守幹次郎の姿が消えた。

その夜、羽毛田亮禅と祇園感神院執行の彦田行良のふたりが一力茶屋を訪れ、

加門麻に江戸から来た書状二通と幹次郎が麻に宛て認めた文を渡し、茶屋の主夫婦の次郎右衛門と水木には吉原会所の頭取四郎兵衛の死という事実を告げた上で、約定を破った旨を書いた幹次郎の詫び状を渡した。

「老師、執行はん、なにが起こりましたんや」

「まずお互いに文を読みなはれ」

と羽毛田老師が三人に願った。

麻は文を披こうともせず、

「義兄はうちを残して江戸に帰らはったんや」

と呟いた。

そのとき、幹次郎は東海道大津宿瀬田唐橋(おおつじゆくせたからはし)をちらちらと舞う雪交じりの寒風に抗いながら、江戸へと小走りに下っていた。

【参考資料】

『祇園の祇園祭 神々の先導者 宮本組の一か月』澤木政輝著、平凡社

『祇園祭創始一一五〇年記念 祇園祭 温故知新 神輿と山鉾を支える人と技』京都市文化市民局文化財保護課監修、淡交社

『京 祇園会の話』田中緑紅著、緑紅叢書

『祇園会余聞』田中緑紅著、緑紅叢書

『京都祇園祭』中田 昭著、京都新聞出版センター

この作品は、二〇二一年三月、光文社文庫より刊行された『祇園会 新・吉原裏同心抄（四）』のシリーズ名を変更し、吉原裏同心シリーズの「決定版」として加筆修正したものです。

光文社文庫


長編時代小説
祇園会(ぎおんえ)　吉原裏同心(よしわらうらどうしん)(35)　決定版
著者　佐伯泰英(さえきやすひで)

2023年9月20日　初版1刷発行

発行者　三宅貴久
印刷　萩原印刷
製本　ナショナル製本

発行所　株式会社　光文社
〒112-8011　東京都文京区音羽1-16-6
電話（03）5395-8147　編集部
8116　書籍販売部
8125　業務部





落丁本・乱丁本は業務部にご連絡くだされば、お取替えいたします。
ISBN978-4-334-10041-4　Printed in Japan





組版　萩原印刷